AF221204

Sammelsurium

Geschichten

und

Gedanken

Inhaltsverzeichnis

Sammelsurium ...

Familiengeschichten erzählt man an der Kaffeetafel beim Geburtstag der Cousine, beim Spaziergang nach dem Konfirmationsessen der Tochter oder der Jugendweihe vom Sohn des Schwagers. Freundinnen erzählen sie verschwörerisch im Schlafzimmer, während im Wohnzimmer Onkel Paul die Gesellschaft mit Witzen unterhält. Auf der Terrasse spricht man „unter Männern" manchmal philosophisch und im Garten am Sandkasten wispern die Jüngsten: „Hast du gesehen, was Onkel Heiner mit der Tante Frieda macht?" Briefe werden geschrieben. Sie sind oft banal, die Erinnerungen, Sehnsüchte, „wahre Geschichten" – nur nicht immer für die Beteiligten. Man lauscht gespannt, lächelt höflich, hofft, dass der Andere zum Ende kommt – nichts Weltbewegendes, immer Gleiches scheint durch Räume zu wehen, gesättigt von Kaffeedunst und Zigarettenrauch und doch – ein Spiegel unserer Welt. Sie sind die Beete, auf denen diese 17 Kurzgeschichten der verschiedensten Länge entsprossen sind.

Reißen wir Geschichten von intriganten Mündern, kleben wir sie anderen Personen an, damit Onkel Paul nicht glaubt, er sei gemeint. Erleichtert lehnt er sich im Sessel zurück, hat seinen Spaß – und etwas Nachdenklichkeit bleibt übrig. So soll es sein, wenn Sie, lieber Leser, diese Geschichten vor sich haben. Und nun – viel Freude!

Der lachende Kirschbaum

Wenige Wolken zogen über den Himmel des frühen Sommers. Unter der Sonne kreiste ein Schwarm Stare. Ein Kirschbaum stand in seinem Zentrum. Volle pralle Kirschen ließen seine Äste schwer herab hängen. Stare fielen im Schwarm auf seine Zweige. Auf der Wiese unter ihm stand das Kind. Es griff die untersten Zweige und zog sie herunter. Rot färbten sich seine Lippen vom Saft. Ein Zweig schnellte aus seiner Hand, der Starenschwarm stob aufwärts. Nicht lange kreiste er oben, fiel zurück ins Geäst. Das Kind holte einen Stuhl und griff nach höher hängenden Zweigen, bog sie herab und stopfte weiter Kirschen in sich hinein. Immer wieder vergaß es, Kerne auszuspucken.

Der Kirschbaum lachte in sich hinein, auch wenn es Kind und Stare nicht sahen. Oben pickten die Stare, und unten pflückte das Kind. Es spuckte Kerne aus, dass sie rund um die flache Wurzel des Baumes und auf die große Wiese fielen. Einige verschluckte Kerne werden einen langen Weg nehmen. Die Stare oben trugen die Kerne weit mit sich fort, wenn sie nicht gleich vom abgepickten Fruchtfleisch herabfielen. So sorgten Menschenkind und Stare für viele Möglichkeiten der Kinder des Kirschbaumes, dass sie frische Erde finden und keimen konnten für ein neues Leben.

So waren alle miteinander fröhlich bei der Kirschenernte und hatten ihre Freude – die Stare, das Kind und der Baum. Und wenn sie nicht aufhören zu pflücken, sind alle heute noch froh und guter Dinge.

Deutsch und Geschichte – eine Liebeserklärung

Ich liebe meine deutsche Sprache. In ihr steckt so viel Geschichte, Kultur, Kampf, Leid und Verstehen.

Wissen Sie eigentlich, warum wir den unnützen Buchstaben q im Alphabet haben? Den Buchstaben q gibt es wirklich als Laut – bei den Semiten. Semiten leben im Vorderen Orient. Europäer können diesen Kehllaut nur selten aussprechen. Laurence von Arabien, jener englische Offizier, der im I. Weltkrieg die Araber gegen die türkischen Osmanen Krieg führen ließ, beherrschte ihn. Mehrmals nahmen ihn die Türken gefangen – ließen ihn wieder laufen, er konnte ja kein Europäer sein.

Vor rund 3000 Jahren nahmen die semitischen Phönizier das q in ihr Alphabet auf. Es waren Kaufleute des östlichen Mittelmeeres. Sie schufen ein neues Alphabet, denn sie nutzten Papyrus zum Schreiben. Vorher kerbten ihre Nachbarn im Zweistromland Keile in weichen Ton und brannten ihn, um die Schrift dauerhaft zu machen. So umständlich wollten diese Händler des Altertums nicht sein. Barbaren aus dem Norden schauten ihnen das ab und klauten kurzerhand Papyrus und Alphabet. Griechen nannte man sie später. Griechen – Barbaren? Mit den Phöniziern weit weg trieben sie Handel. Im eigenen Land waren sie zänkisch. Ewig lagen ihre Stadtstaaten in Fehde untereinander. Der damaligen Weltmacht, dem lang schon zivilisierten,

6

hoch kultivierten Persien, gefiel das gar nicht. Wie soll man mit Handel reich werden können, wenn man nicht weiß, wer an der Westgrenze mit wem Krieg führt? Also wollten die persischen Großkönige diesem Barbarenunwesen ein Ende machen und schickten ihre Armee. Doch Übung zahlt sich aus, und Persien bekam es zu spüren. Erst Stadt für Stadt, dann mehr und mehr gemeinsam, lehrten diese wilden Griechen den Persern das Fürchten. In einer Pause der Perserkriege unterwarf der Makedonenkönig Philipp, selber halber Grieche, alle anderen Landsleute. Dann wurde er ermordet. Sein Sohn Alexander, gerade 18 Jahre geworden, begann einen Rachefeldzug gegen Persien. Bis zu seinem Tod mit 33 Jahren war er damit beschäftigt. Dann gab es kein Perserreich mehr. Die Griechen saugten die Kultur der Perser auf. Das griechische Alphabet benutzte man von Süditalien bis Afghanistan. Alexanders Weltreich hielt nicht, doch griechisch waren alle Nachfolgestaaten. Selbst die Kinder der Pharaonen in Ägypten sprachen Demotisch, wie das Griechische in jenen Tagen hieß. Das beeindruckte Barbaren in Italien. Sie wollten selber so viel Macht gewinnen und übernahmen zunächst das Alphabet der Griechen. Der Coup gelang, sie beerbten nicht nur ihre Schrift. Als römisches Weltreich brachten sie das nun lateinisch genannte Alphabet bis an die Atlantikküste. Nun sind sie das zivilisatorische Volk geworden, die neue Weltmacht. Nur im Zweistromland setzten ihnen erwachte Perser wieder Grenzen, ihnen und den beiden Sprachen

Latein und Griechisch. Das Griechische hat sich inzwischen des nutzlosen q entledigt. Die Römer fanden Verwendung dafür. Mit dem u im Gefolge beschrieb es als qu einen Laut der Etrusker (die sich nun alle Römer nennen), den die Griechen nicht kannten.

Weltreiche entstehen und vergehen. Im Norden ward es kälter. Völker zogen nach Süden. Die Hunnen in Sibirien wollten das. Chinesen bauten ihre erste Große Mauer, hielten sie auf. An ihr entlang zogen die Hunnen nach Westen und brachten die Völkerwanderung in Schwung. Auf den Katalaunischen Feldern im Norden Frankreichs stoppte das europäische Völkergemisch den Hunnenzug. Doch der weströmische Teil des Weltreiches versank in diesen Kriegen. Germanen nannten die Römer ihre Totengräber. Aus Finnland waren sie in die Ukraine gezogen. Als Goten jagten die Hunnen sie mit und gegen ihren Willen nach Westen. Ostgoten kamen in Italien zur Ruhe, Westgoten schufen in Spanien ein letztes Reich. Franken gaben dem alten Gallien einen neuen Namen. Ihr Kaiser Karl beerbte Rom und war voller Bewunderung über die Schriftkundigkeit seiner Mönche in den Klöstern. Die schrieben fleißig Bücher ab und verzierten die altehrwürdigen Buchstaben. Er wollte die Schrift verbreiten. Von ihm soll der Vorschlag sein, die Buchstaben kleiner zu zeichnen und damit das Schreiben zu erleichtern. So soll er, der zeit seines Lebens Analphabet blieb, die fränkischen Minuskeln angeregt haben. Die wurden zu unseren Kleinbuchstaben. Bald nutzte man die großen Buchstaben nur noch, um besondere Worte hervor zu heben, das Kaiserwort natürlich, den Namen und wichtige Worte. Das verbesserte die Lesbarkeit und wurde Regel.

Der Buchdruck ward erfunden. Fleißige Gesellen setzten Lettern genannte Buchstaben zu Worten zusammen. Die Zahl der Lettern bestimmte ihren Lohn. Ein Wort mit vielen Lettern lohnte ihre Arbeit gut. Doch der Meister wollte eine Begründung hören, warum plötzlich zwei n hintereinander lagen, wo vorher eins genügt hatte. Man spricht doch das a kurz im Wörtchen kann, begründete der listige Geselle. Das doppelte aa im Wörtchen Saal sage ihm, dass jenes a lang gesprochen werde. Ist das nicht gut für den Leser? So schufen Gesellen und Meister des Buchdrucks Regeln, zunächst jeder nur für sich. Dann übersetzte Luther die Bibel in die Sprache der „obersächsischen Kanzlei". Wollten alle Menschen „deutscher Zunge" richtig schreiben und sich verstehen, musste man einheitlich werden in Wort und Schrift. So recht eins war die „deutsche Zunge" nie. Das Machtwort in einem neuen Kaiserreich schuf endlich für alle gültige Regeln. Nun gab es einen verbindlichen Wortschatz und seine Orthographie. Lang genug hat es gedauert. Und unser unnützes q ist immer noch dabei.

So sehe ich die Geschichte und das Werden unserer deutschen Rechtschreibung. Ich kann nicht anders: Ich muss ihr Achtung zollen.

Und die Grammatik? Ist das nicht jenes unbegreifliche Regelwerk, vor dem sich jeder Schüler fürchtet, weil ohne Sinn und unbegreiflich?

Ich verstehe jeden Schüler, der so empfindet. Denn noch immer weht ein Hauch von „Gottes unerforschlichem Ratschluss", den man nie verstehen könne, durch unsere Klassenzimmer. Schulen wurden befohlen von Königen und Kaiser von „Gottes Gnaden" – wozu sollen sie dem Volk etwas erklären?

Noch viel mehr als die Rechtschreibung steht die Grammatik in der Entwicklung des Denkens. Sprechen Sie langsam einen mehrgliedrigen Satz und lauschen Sie den Pausen nach, die Sie unwillkürlich in ihre Rede flechten: Es sind die Kommas der Schrift. Der Punkt beendet den Gedanken. Eine Folge von Gedanken bildet ein Absatz. Der Doppelpunkt kündigt einen Rat an oder einen besonders wichtigen Satz. Klammern schließen untergeordnete Gedanken ein. Jeder Mensch spricht in seiner Muttersprache grammatisch richtig. Warum ist grammatisch richtig schreiben so schwer?

Die Grammatik macht die Denkgesetze unseres Gehirns in der Schrift sichtbar. Doch bis es so weit kam, musste der Sprecher viel lernen. Er lernte vor allem von seinen Ahnen.

Denken ist Austausch mit anderen Menschen, ist Kommunikation. Davon gab es reichlich in unserem alten Europa.

Einig sind sich die Wissenschaftler heute, dass die Bibel mit der Sintflut eine geschichtliche Wahrheit der Vorzeit beschreibt. In allen gefundenen Zeugnissen der Völker vom Atlantik bis Afghanistan gibt es Hinweise auf die große Flut. Nur lief sie wohl etwas anders ab, als dort beschrieben.

Vor rund zehntausend Jahren hob sich der Meeresspiegel weltweit. Die Gletscher der letzten Eiszeit schmolzen. Das Schwarze Meer war ein Süßwassersee. Seine Ufer könnten der Garten Eden gewesen sein. Das Mittelmeer stieg an. Zunächst nur als Rinnsal, dann als starker Strom floss sein Wasser über Hellespont und Bosporus mit einem gewaltigen Wasserfall in dieses Becken. Nicht plötzlich, aber stetig versanken die Felder der Menschen an seinen Küsten. Ihre Holzhäuser, auf Pfählen gebaut, trieben nach oben wie Hausboote. Die Menschen konnten nicht bleiben. Sie zogen die großen Ströme Don, Dnjepr, Dnestr und Donau hinauf. Auch über die steilen Gebirge Anatoliens flüchteten sie. Überall trafen sie auf andere Menschen. Sie mischten sich, zogen weiter. Aus der heutigen Ukraine zogen sie aus in alle Himmelsrichtungen. Donauaufwärts erreichten sie den Rhein, zogen stromab bis zum Atlantik und erreichten trockenen Fußes das ferne England. Das Meer stieg weiter. Der Unterlauf des Rheins wurde zum Kanal, der Unterlauf der Elbe zur Nordsee. Das vielgestaltige, geografische Bild des heutigen Europa entstand. Stämme, die einst auf Riesenflächen als Nomaden späteiszeitlichem Großwild nachgestellt hatten, sahen ihre Tiere aussterben, ihr Land versinken und wurden auf Inseln und Halbinseln eingeschränkt. Immer wieder neue Lebensumstände verlangten Umstellungen ihrer Lebensweisen, beanspruchten ihr Denken. Sie begegneten sich öfter auf dem kleiner werdenden Kontinent, tauschten Erfahrungen aus und lernten schneller. Sprachen entstanden und verschwanden. Einheitlich sprach man nie.

Heute sagen wir, dass damals Germanen, Kelten, Skythen, Hunnen über Europas Fluren zogen. Die Namensgebung stammt meist von Römern. Sie verführt uns heute dazu, diese Menschen der Nacheiszeit als Völker zu sehen, die von einer Gemeinsamkeit wussten. Das ist falsch. Es gab kein Bewusstsein, Kelte oder Germane zu sein. Der Gesichtskreis dieser Menschen hörte bei der großen Sippe auf, erkannte höchstens vage noch einen kleinen Stamm. Immer wieder verloren sich einzelne Sippenmitglieder, verhungerten oder trafen auf andere Sippen, wurden aufgenommen oder auch verstoßen. Austausch kam zustande, änderte sich Sprache – ihnen gemeinsam war lediglich: Die

12

Menschen sprachen langsam, freuten sich der Worte und ihres Klangs. Die Grammatik dieser Sprachen war viel ausgeprägter und komplizierter als unserer heutigen. Welcher Junge hat nicht schon in Karl Mays Indianerbüchern von den Ratsversammlungen der Häuptlinge gelesen? Lange sprach jeder und beendete seine Rede mit: Hugh, ich habe gesprochen. Dann sprach der nächste Redner. Man unterbrach nicht, hatte Zeit. Jedes Wort blieb den Analphabeten im Gedächtnis, eine Schrift brauchte man nicht. So sollten wir uns Europas Menschen in dieser Zeit vorstellen, ihr Denken und ihre Sprache.

Die neue geografische Form Europas lässt es für alle Wanderbewegungen wie einen Trichter wirken. Von Nord und Ost, wo es kälter wurde, zogen die Menschen nach Südost, kreuzten, ballten, vermischten und trennten sich wieder. All das geschah in jenem Raum, den Kaiser Karl mit seinen Franken einte. Die meisten Wörter, die meisten Sprachen mit ihren unterschiedlichen Grammatiken, trafen sich hier. Ein sicheres Alphabet brachten Römer ein, ließen ursprüngliches Gotisch und die Runen der Germanen versinken. Die Wissenschaftssprache Europas blieb Latein bis weit in die Neuzeit. Das Volk sprach anders. Man lausche den Buchstaben nach, wenn man langsam spricht: „Ick gihorta dat seggen: Hiltibrant enti Hadubrant item harium tuem." Mit viel Mühe kann es einem Heutigen gelingen, den hochdeutschen Sinn zu verstehen: „Ich hörte das sagen: Hildebrandt und Hadubrandt zwischen Heeren zweien." Es ist die erste Zeile des Hildebrandt-Liedes aus dem Mittelhochdeutschen, etwa zwischen 1000 und 1200. Nur in Europa veränderten Denken und Sprachen so viel und besonders das Deutsche.

Bewusst wurde mir das in Mittelasien. Zu einer Zeit, als man unter dem Schutz von Intourist in der alten Sowjetunion noch dorthin reisen konnte, zeigte uns Touristen ein Führer in Duschanbe, der Hauptstadt von Tadshikistan, das Standbild ihres Nationaldichters, eines tadshikischen Goethe. Er wird auch heute noch im Original gelesen, fügte er hinzu. Doch – der Mann lebte im achten Jahrhundert – und Tadshiken lesen ihn im Original! Unmöglich wäre das in Europa und ganz besonders in Deutschland. Denn zwischen dem Mittel-hochdeutschen und unserer heutigen Sprache geschah noch viel.

Das Christentum wollte sich reformieren. Es sollte lange dauern vom ersten vergeblichen Versuch, der mit der Verbrennung des „Ketzers" Jan Huss endete, bis Martin Luther die „Protestanten" schuf. Fast gelang das Werk. Doch die Alpen konnte die Reformation nicht nach Süden, die Pyrenäen nicht nach Südwesten überschreiten. Habsburger Kaiser in Wien waren auch Könige von Spanien. Spanien schickte sich an, die Welt zu erobern – in Amerika und anderswo. Glau-benszwist störte dieses Werk. Die Habsburger setzten zur Gegenreformation an. Von Tirol und Österreich

drängten sie die Reformierten zurück über Süddeutschland und Böhmen. In Frankreich fand König Heinrich
IV. „Paris eine Messe wert", wurde selber Katholik
und leitete die Rekatholisierung Frankreichs ein. Nicht
alle Protestanten wollten sich zurück bekehren lassen.
Sie wanderten von Süddeutschland und Böhmen über
den Main in den Norden Deutschlands. Frankreichs
Hugenotten, wie dort die Protestanten hießen, wählten
zwischen Nordamerika und Deutschland. Dort rief sie
ein kluger Fürst in das entvölkerte Brandenburg. Sie
brachten ihren Wortschatz ein – der Berliner Dialekt
ist ihr Erbe. Menschen lernten voneinander, mischten
ihre Denkweisen, ihre Sprachen. Grammatiken schlif-
fen sich ab und fanden zur heutigen Form. Das Ergeb-
nis war der weltgrößte Wortschatz aller Sprachen und
eine für Ausländer schwer zu erlernende Grammatik.
Denn alle anderen europäischen Sprachen verloren
mehr als die „deutsche Zunge" gewann. Es ist nicht
ihre Schuld, es ist nicht unser Verdienst. Die Verhält-
nisse brachten das zuwege. Sie gebaren einen großen
Vorteil für die „deutsche Zunge": Alle Europäer
tauschten sich wissenschaftlich über das zentrale
Deutschland aus. Allmählich nahm das Deutsche feste
Regeln an und verdrängte Latein als Sprache der Wissenschaft. Sehr oft gingen Deutsche voran in wissenschaftlichen Leistungen. Noch bis zum II. Weltkrieg
wurden die meisten wissenschaftlichen Werke der
Welt in Deutsch verfasst. Warum das nicht mehr so ist,

brauche ich wohl nicht zu erläutern. An der deutschen Sprache liegt das nicht.

Ich sehe in meiner Sprache das gemeinsame Werk vieler Menschen aus vielen Ländern und Völkern. Stets wurde sie befruchtet von Menschen anderer Kulturen. Das hat sie zu dem gemacht, was sie heute ist: zu einem Kunstwerk, mit dem ich alles sagen kann, was mich bewegt. Immer wieder nahm sie Fremdes auf, bereicherte sich und fand neue Möglichkeiten, das Denken und Fühlen der Menschen auszudrücken. Darum liebe ich meine deutsche Sprache – und achte jede andere.

Der kleine Pharisäer

Vor dem Fenster grauen Wolken. Ein Blick hinaus lässt mich Nässe auf den Lippen schmecken. Ich fürchte, Schnupfen zu bekommen. Meine ältliche, besorgte Mutter sah mich an. Schick ich den Jungen zur Schule? Ich war ein Kriegskind und hatte keine damals übliche Kinderkrankheit ausgelassen. Was dachte ich? Ich überlegte, ob eine Rechenarbeit zu schreiben wäre. Dann würde ich husten. Das Signal für Mutter, und ich bliebe daheim. Aber schlechtes Wetter und Rechenarbeit fielen selten zusammen.

Eigentlich bin ich gern zur Schule gegangen. Beim Diktat las ich die Buchstaben von des Lehrers Mund. Sprechpausen waren Kommas, Punkte sagte er an. Meine Nachbarn versuchten, mit tief gebeugtem Kopf sich zu erinnern, wie man das Wort schrieb. Ich lachte über ihre Dummheit und war stolz auf meine Mutter, die mich das gelehrt hatte. Doch war ich der Kleinste meiner Klasse, nur insgeheim konnte ich mich der Schadenfreude hingeben. Meide Raufereien, riet mir Mutter, gib Hilfe, wo Du geben kannst. Ich sagte vor, half bei Hausaufgaben, kaufte mich mit Wissen frei. Geheimes Frohgefühl: Wie dumm sind die! Wie klug bin ich! Doch wissen darf es keiner.

Schnupfen bei schlechtem Wetter habe ich noch immer.

Radtour zum Strand

Sie quälten sich tüchtig. Vier Mädels und vier Burschen traten in die Pedale unter einer heißen Augustsonne. Der Sand in den Feldwegen Mecklenburgs rieselte und ließ die Reifen rutschen. Lange schon hatten ihre Scherze und Neckereien aufgehört, als Elfie die Kette vom hinteren Ritzel sprang. Sie war die Zweite in der Reihe, rollte aus, fast alle fuhren an ihr vorbei. Sie setzte den Fuß auf den Boden. Der letzte Junge hielt an. „Was ist?"

„Soon Scheiß!"

„Kein Problem." Peter knöpfte seine Packtasche auf und holte einen langen Schraubenzieher heraus.

Elfie war wütend. Alle waren wortlos weiter gefahren. Ausgerechnet Peter hielt an, den sie kaum beachtete, der Späße erst beim zweiten Hören zu begreifen schien. Seinen Blicken war sie meist ausgewichen.

„Dreh's um!" – „Was meinst du?"

Peter sah ihren verwirrten Blick. „Das Rad natürlich." Er griff an die Lenkstange. „Steig ab!"

Der kann ja richtig entschlossen sein, fuhr es ihr durch den Kopf. Sie folgte seinem Befehl. Und wunderte sich, dass ihre Gedanken dieses Wort gebrauchten.

Peter drehte das Rad mit einem Schwung auf Lenker und Sattel. „Das meinte ich." Dann hielt er den Schraubenzieher schräg zwischen Kette und Ritzel und bewegte langsam die Pedale. Als Elfie begriff, lag die Kette wieder auf dem Ritzel, und Peter hob das Rad herum. „Bitte schön, junge Frau!"

Er freute sich über ihr dankbaren Lächelns. Nie hatte sie ihn bisher so angesehen – und wie sehr hatte er sich das gewünscht.

Schweigend fuhren sie weiter, dachten darüber nach, dass da jemand anders war, als ihnen der erste Eindruck vermittelt hatte.

Eine Clique aus Prenzlau im Norden Berlins wollte eine gemeinsame Radtour an die Ostsee unternehmen. Martin war auf die Idee gekommen, seine Eltern hätten so etwas gemacht und schwärmten heute noch davon. Was die Alten zu ihrer Zeit gekonnt, brächte man heute doch allemal zusammen. Sie planten ein großes Zelt für alle, einzelne Teile in den Packtaschen der Räder verstaut – kein Problem. Als er seinen Eltern davon erzählte, zweifelten sie. Sie waren noch über Landstraßen gefahren, ging damals noch. Na und, begehrte Martin auf. Dafür haben wir Navis und leichte Zelte. Hab's ausgerechnet, acht Mann mit Packtaschen reichen. In zwei Tagen sind wir am Strand. Herausfordernd hatte er seine Eltern angesehen.

„Beweisen", sagte Vater kühl.

Und ob, dachte Martin. Doch es blieben nur fünf von der Clique übrig, als es mit den Vorbereitungen ernst wurde. „Bringen wir eben noch Andere zusammen", entschied er, als sie Kriegsrat hielten. Das fehlte noch, dass er sich vor den Alten blamierte.

Und nun fuhren sie die letzten Kilometer des zweiten Tages. Martin sorgte sich, weil die Elfie von der Clique mit einem der Angeworbenen zurückgeblieben war. Er wollte keine Pärchen. Pärchen versauen alles. Martin hob die Hand, ließ halten.

Sie kamen nicht einmal zum Frozzeln, da waren die Beiden schon heran. Nein, dachte Martin, da war wirklich nicht mehr gewesen als eine abgesprungene Kette.

Und so war es ja auch.

Endlich fanden sie den gesuchten Ort. Verwunderlich schien Martin, dass er immer noch so aussah, wie ihn die Eltern beschrieben hatten. Sie bauten ihr Zelt auf, obwohl sie noch müder waren als gestern. Da hatten sie sich in einen Heuschober gewühlt. Hier wollten sie eine Woche bleiben. Mindestens.

Sie waren spät dran und fielen schnell in den Schlaf.

In früher Morgensonne lag Peter allein am Strand. Letzte Wassertropfen trockneten auf seiner Haut, wohlige Wärme begann, seinen Körper zu durchfluten. Er sah auf den einzigen Zugang zu dieser kleinen Bucht, hoffte, dass er lange leer bleibe.

Eine Spitze hob sich über ihm, die Kapuze eines Bademantels. Ein Mädchen wirbelte Sand auf mit zielgerichteten Schritten. Sie war ihm nicht fremd. Unterwegs hatte er die Fahrradkette aufs Ritzel gezogen. Im großen Zelt der Clique verbrachten sie gemeinsam die letzte Nacht. Was bedeutete das schon? Vier Mädels, vier Burschen – und keine Pärchen.

Zwei Meter neben ihm blieb sie stehen. „Dreh dich um!" – „Warum?" – „Ich hab nichts drunter." – „Na und? Ich hab auch nichts an." – „Frechdachs! Komm nach, wenn du das Wasser plätschern hörst."

Er fügte sich, sah nur noch, wie sie sich ins Wasser warf. Dann lief er ihr nach in die kleinen, kräuselnden Wellen. Sofort tauchte er sie im brusttiefen Wasser an. Seine Hände glitten an ihrem Bauch entlang, streiften ihre Brüste. Er kam hoch, sie drückte seinen Kopf unter Wasser. Luft anhalten, wegtauchen. Ellenbogenweit von ihr bekam er seinen Mund wieder frei und holte tief Luft.

„Schuft!" Ihre Augen blitzten ihn an.

Er schüttelte seine Haare und strich sich Tropfen aus dem Gesicht. Zu spät bemerkte er ihren hohen Sprung. Ihre Hände pressten seinen Kopf unter Wasser, ihr Bauch glitt über ihn hinweg. Mit Macht drückte er hoch, wandte sich um und sah doch nur noch, wie zwei Fersen rechts und links neben ihm im Wasser verschwanden. Oh, mein Gott, dachte er. Da ist sie mit ihrer Scham über mich geglitten – und ich hab nichts davon gehabt! So ein Luder! Und wie kräftig sie ist!

Jetzt schwamm sie weg. Er folgte ihr. „Rache ist süß", schrie er ihr nach. Doch sie war schneller. Wieder beschloss er zu tauchen – und holte sie ein. Mit einer Hand glitt er an ihrem Bein entlang zur Hüfte – da traf ihn ein Beinschlag am Kopf. Gurgelnd tauchte er auf.

„Verzeih!" – „Schon gut."

Sie sahen sich an und spürten beide: So hatten sie sich noch nie angesehen. Lange fuhren sie mit den Rädern hierher an die Ostsee im August. Viel wusste er nicht von ihr. Nur, dass ihre Mutter Elfriede hieß und man sie in der Clique deshalb Elfie rief, an mehr musste er sich erst erinnern. So wie mit ihr hatte er auch mit den anderen drei Mädchen unterwegs Blicke getauscht, die vielsagend schienen, vielleicht auch nichts bedeuteten. Geprickelt hat es immer. Sah er sie an, war gar ein wenig Angst dabei. Was war jetzt anders?

Still schwammen sie im Bogen zurück zum Strand. Sie richtete sich auf, schritt auf den Strand voran. Und legte sich rücklings auf ihren Bademantel. Er stand vor ihr.

„Mann, bist du schön", sagte er, und Bewunderung klang in seiner Stimme. – „Alle jungen Mädchen sind schön. Wusstest du das nicht?" – „Du bist die Schönste." – „Quatsch nicht. Streichle mich!"

Seine Knie beugte er rechts und links von ihren Hüften und strich mit seinen Händen zu beiden Seiten ihres Kopfes von den Haaren herab an ihren Hals. Sie schloss die Augen. Seine Fingerspitzen zeichneten ihre Wangen, Nase und Lippen nach. Leicht öffnete sie den Mund, nutschte an seinem Finger. Er rückte mit den Knien höher, beugte seinen Kopf und berührte sanft mit seinen Lippen ihren Mund. Sie genoss sein scheues Werben, schob dann entschlossen ihre Zunge vor, verhakelte sich mit seiner, lange, mal süß und sanft, mal wild und ungestüm. Ihre zarten Hände schoben sanft seine Schultern hoch. Er richtete sich auf, betrachtete voll Staunen ihr leicht gerötetes Gesicht. Dann strichen seine Finger über ihre Schultern, die Oberarme, glitten sacht auf ihre Brüste, fassten ihre Spitzen, ließen sie los und kreisten um sie. Gänsehaut überzog ihren Körper. Ihre Erregung suchte Ziele, fand sie in den Brustspitzen, dass diese sich prall füllten und all ihr Flaumhaar sich aufrichtete bis hinunter zwischen ihre Schenkel. Schon fühlte sie seine Handflächen und Fingerspitzen an Bauch, Hüften und den Innenseiten ihrer Beine. Sie griff sich eine seiner Hände und presste sie auf ihre Scham. Sein Mittelfinger suchte tiefere Gefilde, mal kreisend, mal reibend langsam oder schnell, mal innehaltend, dass sich ihre Lust vertiefe. Noch immer lag eine ihrer Hände auf der seinen, mal ihren Druck unterstützend, mal hemmend, seinen Forscherdrang zu steuern. Zielgerichtet suchte ihre zweite Hand, erfasste das pralle Werkzeug seiner Lust und umhüllte es ganz. Stöhnend fühlte er Ungeduld ins Übergroße wachsen – er wollte sie doch nicht verschrecken! Wellen ergriffen ihren Körper. Im Rhythmus seiner Fingerbewegungen kam und ging ihre Lust, sie stöhnte mit ihnen, hob ihr Becken ihm entgegen, bis ein heißes Überfließen sie befreite.

„Komm endlich!"

Endlich! Erlösend wiederholte sich das Wort in seiner Seele. Gemeinsam führten ihrer beider Hände zusammen, was zueinander drängte. Seine Beherrschung brach. Schnell aufwärts schwingend, vergaß er alles um sich her, bis ein kleiner Tod ihn aus der Welt holte. Alles erlahmte auf einmal, sein Kopf sank in ihre Halsbeuge – sie fühlte noch immer heiße, kleine Wellen, nun verebbten sie. Sie genoss seine Last, seine Haut. Beides ruhte auf ihr, schuf ihr Geborgenheit und Glück. Sie ließ die Augen geschlossen, genoss, nicht mehr allein zu sein. Plötzlich wusste sie: Zart und einfühlsam wie er eben gewesen, genauso war er vorher schon – wird er immer sein. Er kann gar nicht anders. Sie braucht nicht mehr suchen. – Und jetzt ist es genug.

„Hey, schlaf nicht ein!"

Langsam öffneten sich seine Augen, sahen das Muster eines Bademantels. Ach, ja – ein unendlich warmes Gefühl nahm von ihm Besitz. Er hob den Kopf. Als sich ihre Blicke trafen, verflog ihrer beider Angst.

Hand in Hand schritten sie den Dünenweg hinunter ihrem Zelt zu.

Sie waren schon vermisst worden. Einer entdeckte sie, dann zwei, dann drei … – und schauten sie an. Wenige, stille Worte fielen. Und alle miteinander fühlten: Die alte Gemeinsamkeit in der Gruppe ist vorbei.

Meine erste Westfahrt

Die beiden deutschen Staaten waren recht jung. In der DDR sang man noch in der Nationalhymne vom „Deutschland einig Vaterland". Da gab es eine Zeit des innerdeutschen Sportverkehrs. Ich war Abiturient in der zehnten Klasse. In meinem Sportverein der Schule trainierte ich Leichtathletik. Alle Sportvereine an Schulen hießen damals BSG Einheit. Diese „Betriebssportgemeinschaft" pflegte eine Beziehung zu einem Leitathletikverein in Kempen am Niederrhein. Im jährlichen Wechsel fanden „hüben und drüben" Wettkämpfe statt. Für uns Aktive war es eine Auszeichnung, zur Mannschaft zu gehören. Es traten jeweils nur 2 Wettkämpfer gegeneinander statt. So mussten vorher Ausscheidungskämpfe die zwei Besten ermitteln.

Dann erging eine Weisung von sehr weit oben, dass ab sofort außerhalb des Staatsgebietes das Emblem der DDR auf dem Sportdress zu tragen sei. Im Briefverkehr stellten unsere beiden Vereinsleitungen fest: Wir durften ohne Emblem nicht fahren, im „Westen" durfte das Emblem nicht gezeigt werden – ein Dilemma. „Was wird?", fragten wir Aktiven. „Wir fahren", antworteten die Chefs und lächelten hintergründig. Und die DDR-Embleme prangten aufgenäht auf unserem Sportdress.

Wir Jungen vergaßen das Thema bis in die Umkleidekabine am Kempener Sportplatz. Beklommen zogen wir Hemd und Hose für den Wettkampf an. Dann kam ein Kempener Sportfreund herein mit den Startnummern. Wir sahen sie und lachten laut. Es waren Startnummern des Wintersports. Unter ihrem großen Stoff verschwanden alle Embleme.

Nie haben wir Schüler erfahren, wie das unsere Lehrer und gleichzeitig Sportfunktionäre bewerkstelligten. Eines wussten wir genau: In Kempen am Niederrhein gab es keinen Wintersport – und in meiner Heimatstadt auch nicht.

Schweres Wetter

Der Hochsommertag trägt am Himmel Gewitterwolken. Unter den Schritten einer jungen Frau in engen Jeans und hochmodischen Pumps knirscht auf stiller Dorfstraße der Kies. Sie wundert sich, dass die Sonne noch scheint, der Wind schon stark weht, wo doch die Wolken sich bedrohlich türmen.

Das Haus, dem sie zustrebt, leuchtet im frischen Putz. An einem Fenster hängen Gardinen. Der Bauherr schlief manche Nacht schon hier. Sandhaufen, Schaufeln und Werkzeug säumen die Vorderfront. Die Zufahrt zur Garage lässt noch Wünsche offen. Der Eingang, in rotem Ziegel bogenförmig gestaltet, lockt, die Stufen hoch zu steigen. Die junge Frau folgt, nimmt die Klinke so selbstverständlich in die Hand, als sei sie die Bauherrin.

Der Bauherr ist zu Hause.

Auf dem Küchenstuhl sitzt ein junger Mann im Schlosseranzug, die Beine weit von sich gestreckt, als ruhe er nach schwerer Arbeit. Sie ist sicherlich nicht fertig. Matt schweift sein Blick durch die Küche. Von der Eintretenden nimmt er kaum Notiz.

„Hättest wenigstens das Bett machen können, Werner. Jetzt ist es vier. Eine Schande." Sie setzt sich ihm gegenüber, sieht ihn vorwurfsvoll an.

Er blickt auf das zerdrückte Kissen, die zurück geschlagene Decke, auf das Möbelstück, das eigentlich nicht hierher gehört. – Gemeinsam hatten sie es als Erstes in dieses Zimmer gestellt und gleich eingeweiht. Eine herrliche Nacht! Allmählich war die Küche darum gewachsen, noch immer nicht fertig, doch gebrauchsfähig. Es fehlt nichts außer Wohnlichkeit. Wie im ganzen Haus.

„Wann ist der Termin?"

Die schlimmste Frage stellt sie zuerst. So war sie ier. Er hat es gewusst, sie trotzdem geliebt. Und nun? Er weiß es nicht.

„Morgen um zehn."

„Wir hätten noch eine Nacht!"

Sie macht ihn wahnsinnig. An alles kann er jetzt denken, doch nicht an so was! Er schaut zu ihr, sieht ihren Nabel unter dem bauchfreien Top, blickt ihr ins Gesicht. Nein, sie hat nicht daran gedacht, wovon sie sprach. Wie schon so oft. Ihr Denken, ihr Reden – ein ewiges Rätsel. Mit dieser Frau hat er eine Existenz aufbauen, ein Leben gestalten wollen. „Wir könnten diese Nacht haben. Wenn du dich mehr eingebracht hättest, Renate."

„Mein Studium war dir nicht wichtig, du Egoist. Meine Prüfungen, Klausuren – für dich nur Spinnerei. Verdammte Handwerkerüberheblichkeit!"

So spricht sie heute. Erinnerungen steigen in ihm hoch. Hat sie nicht Recht? Ein erstes Mal waren ihm solche Gedanken gekommen, da hing sein Himmel noch voller Geigen, bei ihr und auch in seinem Betrieb.

Damals saß er auf dem Kran, als sie freudestrahlend mit dem Fahrrad kam. Die Segmente für die Werkstattwände hat er vom Transporter gehoben, sie punktgenau abgesetzt. Seine Leute staunten über sein Geschick, montierten die Wand.

Burschen aus dem Dorf schauten neugierig zu. „Aha, hier baut Firma Neureich." Lästernd sind sie weiter gegangen.

Am Nachmittag stand die Werkstatt. Der Bauleiter seines Wohnhauses kam herüber und meinte: „Da könntest du auch dein Haus selber bauen." – „Geht nicht, muss erst Geld verdienen, damit ich dich bezahlen kann." – „Und – kannst du?" – „Na immer." – Der Bauleiter ging zum Haus zurück.

Eine begeisternde Zeit! Einen seltenen Tag Stillstand im Betrieb nutzte er, die Werkstatt hochzuziehen. Es flutschte. Bis fast zum Ende. Da ist sie mit dem Fahrrad gekommen. Ein Auto lehnte sie ab – aus ökologischen Gründen. Den Bus akzeptierte sie geradeso.

Doch der war ihr zu teuer. Sie war immer sparsam, eigentlich knausrig, kannte es nicht anders. Und ihm machte es Freude, mit ihr auszugehen, die kleine Studentin zu verwöhnen mit gutem Essen und gutem Wein. Um ihren dankbaren, verliebten Augenaufschlag zu sehen, ertrug er auch ihre spinnerten „Kommilitonen" mit ihrem hochtrabenden Gesülze. Sie gingen ja bald, wenn er innig zu ihr wurde, ihr mit der Hand zart den Nacken kraulte.

Da stand sie damals mit ihrem Fahrrad und winkte ihm aufgeregt zu. Er konnte aber seine Arbeit nicht sofort abbrechen. Als es ihm möglich war, sah er Renate nicht mehr.

„Wie meine Klausur ausfiel, interessiert den Herrn ja nicht. Hauptsache, sein Kran rattert." So fuhr sie ihn an, als er sie endlich fand. Da kraulte er ihr den Nacken. Unter seinen Händen schmolz ihr Ärger. Renates Gezeter war doch nicht wichtig. Er schuf die Werte, auf die sie bauen wollten, die Firma, das Haus.

Er reißt sich aus den Erinnerungen, sieht in ihr wütendes Gesicht – schreit hinein: „Damals brauchte ich deine Hilfe nicht. Ich hatte Aufträge, kam geradeso nach. Du warst mir eine wunderschöne Zugabe. Doch dann später dein Praktikum. Zu der Zeit hätte ich dich brauchen können. Doch du: Für'n Appel und'n Ei bist du gelaufen, für Fremde!"

Zucken in Renates Gesicht. Sie steckt seinen Wutanfall weg, sieht durchs Fenster. Fahl leuchtet eine graue Wolkenwand im Widerschein eines fernen Blitzes. Es regnet noch nicht – bald werden erste Tropfen fallen.

Das ist ungeheuerlich! Was bildet sich dieses Groß-maul ein: Sie – eine wunderschöne Zugabe? Und: Er hätte sie brauchen können? Hat er das je zu ihr gesagt? Wann? Als sie nach dem Studium um ihre Anstellung kämpfte?

Es war nichts draus geworden, das ist wahr. Ausgebeu-tet wurde sie von dieser Firma. Eine tolle Arbeit habe sie hingelegt, der Gruppenleiter war des Lobes voll. Der Weg zum Personalchef schien nur Formsache zu sein. Und dann: Umstrukturierung – Ältere haben Vor-rang – beschränkte Mittel – Arbeit gäbe es, sicher. Sie sortierte den Nebel seiner Worte und begriff: Sie muss gehen! Doch dann der Hoffnungsschimmer: Wenn sie sich eine Chance erhalten wolle – da wäre ein Projekt, für sie wie geschaffen. – „Also kann ich bleiben", rief sie froh. – „Natürlich." Der Gruppenleiter hat auf den Schreibtisch geblickt und die Augen nicht mehr geho-ben. „Sie wisse ja, beschränkte Mittel. Eine Bezahlung könne es, wenn überhaupt, erst nach Abschluss geben, als Honorar, wie bei freien Mitarbeitern üblich. Das verstehe sie doch ..."

Sie hat nicht mehr zugehört. Als er seine Rede ab-brach, war sie schon an der Tür. Krachend ist sie hinter ihr ins Schloss gefallen. Tiefes Durchatmen. Es nieselte, sie zog die Schultern ein. Wie Hohn krochen sie seine letzten Worte an: „... sie habe doch einen Unternehmer zum Freund, einen recht erfolgreichen ... der könne sie doch unterstützen, bis die Zeiten für die Firma wieder besser seien ... das letzte Wort noch nicht gesprochen ...“ Werner steckte schon in der Klemme. Bundesweite Ausschreibungen – und Werner kam nicht mehr ran. Immer schnappten ihm Größere die Aufträge weg. Mit ihrem Gehalt wollte sie seine Durststrecke ... schöne Träume! Nichts erfüllte sich.

Regen strömt vor dem Fenster. Ferner Donner grollt näher und näher.

Sie wollte ihm helfen und konnte es nicht.

Vielleicht war es gut so. Ließ er nicht die Katze aus dem Sack: Sie – eine wunderschöne Zugabe?

„Du Macho“, schreit sie. „Wann hast du mich merken lassen, dass du meine Hilfe brauchst?“ Zu stolz sei er gewesen, zu sagen, wie schlecht es um ihn steht.

„Sündhaft teure Karten für deine geliebte Boygroup habe ich besorgt.“ – „Musste das sein?“, erwidert sie.

Er staunt über ihre Besorgnis. Sie sollte keinen Mangel leiden an seiner Seite. Auch wenn es ihm damals schon schwer fiel. Wie hat sie ihn danach verwöhnt? Geschah es in dieser Küche? Er wusste es nicht mehr.

Nur, dass es schön mit ihr war, erinnert er sich. Oh ja, sie haben viel miteinander geschlafen – und immer war es schön.

„Ja, ich hätte dich brauchen können, als ich die Sekretärin entlassen musste! Du hast dich nicht angeboten."

Ein Donnerschlag hallt durch die Küche. Die Gardinen bauschen herein, Regen flutet durchs Fenster. Renate springt auf und schließt es. Dann wendet sie sich zu ihm. „Du warst viel näher an deiner Misere als ich. Doch du erkennst ja alles viel zu spät."

„Ach so? Da hast du mich wohl sehenden Auges in die Scheiße laufen lassen? Schön, dass ich das jetzt erfahre. Jetzt, wo alles zu spät ist!"

„Nichts ist zu spät! Stell dich! Verkleistere dir nicht die Augen! Du bist doch nicht allein auf der Welt! Von mir willst du dir ja gar nicht helfen lassen, von der schönen Zugabe! Ich bin ein Mensch wie du, keine Zugabe!"

„Du hast mir nicht beigestanden, hast dein Praktikum gemacht. Für die Scheißfirma hast du dich aufgeopfert, für mich nicht!"

„Ich war doch ganz sicher, danach den Job zu kriegen! Dann wäre mein Geld in deine Werkstatt geflossen, das weißt du ganz genau. Ich bin nicht schuld an deiner Pleite, ich nicht!"

Sie hat ja so Recht, so verdammt recht, dass es schmerzt. Was wollte ich von ihr? Dass wir viel miteinander ausgehen? Dass wir eine schöne Zeit haben? Sind wir zu sorglos miteinander umgegangen? Wir haben viel miteinander geschlafen – wir hätten mehr miteinander reden sollen.

Donnerschlag auf Donnerschlag kriecht Dunkelheit in die Küche. Die Blitze gehen anderswo nieder. Sie unterbrechen die Finsternis nicht.

Renate sieht zum Fenster. Gleichmäßig trommelt Regen an die Scheiben.

Mit dem da wollte sie ein Leben leben bei Sonnenschein und auch Gewitter. Bis dass der Tod uns scheide. Mein Traummann – habe ich zu lang geträumt? Welche Chance hatte ich, nicht nur Zugabe zu sein? Vielleicht ist es gut, dass alles kam, wie es gekommen ist.

Sie sieht zur Uhr: halb fünf. In fünfzehn Minuten fährt ein Bus. Fünf Minuten Weg durch den Regen unters Dach der Haltestelle. Das ist es wert. – Es ist zu spät. Dafür nicht.

Der junge Mann im Schlosseranzug nimmt kaum Notiz von der Frau, die geht. Sie sollte hier die Bauherrin sein. Er hört die Tür zuschlagen. Nicht sehr laut.

Alles war gesagt. Er sitzt Sekunden noch stumm da. Dann geht er in den Keller. Dort findet er alles, was er braucht.

Der Bus fährt am Haus vorbei, und er ist fast fertig mit der ungewohnten Arbeit. Danach tritt er ins Freie. Der Regen hat aufgehört. Das findet er gut. Er läuft los. Irgendwohin.

Aus weiter Ferne sieht er zurück. Gründliche Arbeit hat er geleistet, schnell und genau. Er blieb sich treu. Der Termin ist umsonst – morgen um zehn.

Das Haus steht in hellen Flammen.

Friseurbesuch

Meine Frau mag nicht meine Haare in der Stube haben und schickt mich deshalb zum Friseur. Im Sommer holt sie ihre alte Haarschneidemaschine aus dem Kleiderschrank und lässt mich auf den Balkon setzen. Haareschneiden war ihr erster Beruf, lang, lang ist's her. Jetzt im Winter ersparen wir uns den kalten Balkon, und ich tappe brav zum TEC, dem Thüringer Einkaufszentrum. Dort ist auch ein Friseur, Mc ..., also irgendetwas Englisches im Namen; genormt, wie alles in modernen Einkaufszentren mit roten Plastetischchen, Stahlstühlchen, alles blitzt, und dennoch – man sieht es auf den zweiten Blick – die Einrichtung sollte wenig kosten. Wie die Friseusen, die auch nicht viel kosten dürfen. Dabei ist der Preis so hoch, dass Trinkgelder kaum anfallen – für die Friseusen. Zu den Zeiten, als meine Frau gelernt hat, war ihr Trinkgeld im Monat höher als ihr Lehrlingsgeld. „Das ist Deine Art Leistungslohn", sagte ihr Meister. Wer von den Kunden ist heute bereit, seiner Friseuse „Leistungslohn" zu zahlen? Bin ich es? Es ist eine neue Zeit heute, man spricht auch nicht mehr von Friseusen, nein, offiziell heißt das heute – Friseurin. Warum eigentlich? Was ist nur anders? Man denkt nicht mehr daran.

Doch nun setze ich mich endlich in den harten Stuhl.

Schwanenmärchen

Es waren einmal vier Schwäne. Einzeln kamen sie vom fernen Afrika zurück geflogen in den Frühling unseres Landes. Immer tun sie das. Und immer fliegen sie allein.

Wir Menschen hatten eine Teichlandschaft geschaffen, um Fische zu züchten. Hier waren die Schwäne aus ihren Eiern geschlüpft. Von hier waren sie ein erstes Mal zum fernen Afrika geflogen. Bei der ersten Rückkehr spürten sie in ihren Schwanenherzen, dass da noch etwas fehlte. Was konnte es nur sein? Sie kannten ihren Teich, den weiten Weg nach Afrika, den Ort, wo sie dort lebten, den weiten Weg zurück – sie waren doch erwachsen? Bis sie den anderen Schwan sahen: der Schwan die Schwänin, die Schwänin den Schwan. Da war große Aufregung im Schilf und in den Wiesen, auf dem Wasser, zwischen Erlen und Weiden. Sie zeigten Flugkünste, kunstvolle Starts und Landungen zu Wasser und auf der Wiese. Schließlich fanden sich Schwan und Schwänin, bauten ein Nest, jedes Paar für sich an einem Teich. Als die Jungen geschlüpft waren, versorgten sie fleißig ihre Brut, lehrten ihnen das Fliegen und machten sich wieder auf ins ferne Afrika. Nach diesem anderen Leben kehrten sie zurück an ihren Teich, fanden sich wieder, und alles begann von vorn. Nun waren sie wirklich richtige Schwäne.

***

Der Pächter der Fischteiche freute sich. Jedes Jahr erschienen seine Schwäne wieder. Er führte seine kleine Enkelin auf den breiten Damm zwischen die ersten beiden Teiche. Das kleine Mädchen staunte über die majestätischen Schwanenflüge, die breiten Schwingen am Himmel und am Abend über die verschränkten, langen Hälse, die ein Herz zu zeichnen schienen. Sie wäre gern ein Schwan gewesen.

***

In diesem Frühjahr plätscherte das Wasser des Mühlenteiches heller und klarer in den steinigen Mühlenbach. Die Menschen hatten Teich und Bach so genannt, weil einst ihre Wasser ein Mühlrad bewegten. Lange schon stand die Mühle nicht mehr, die Menschen mahlten anderswo ihr Korn. Der Name blieb. Wasser floss, seiner Arbeit ledig, befreit über Steine und Moos und spülte den sandigen Hang an der Kirschbaumplantage aus. Dort standen alte Kirschbäume. Die Pflücker mussten lange Leitern an sie lehnen. Doch so weit war es noch lange nicht. In vollem Weiß standen ihre Äste. Summende Insekten umgurrten ihre Blüten. Seitdem die Bauern oberhalb der Teiche keine Gülle mehr auf die Wiesen fuhren, erwachte am Bach, in den Kirschbäumen und Wiesen, wieder viel neues Leben und deckte für die Schwäne einen reichen Tisch.

Die Schwänin vom Mühlenteich kam zuerst. Einen Tag später erkannte sie weit oben den Mühlenteichschwan und hob aufgeregt die Flügel. Ermattet und doch glücklich gischtete er neben ihr ins Wasser. Sie hielten sich nicht lange auf und taten nach zärtlicher Begrüßung das, wonach es ihnen verlangte. Das Nest war bald gebaut und vier Eier prangten in der hellen Sonne. Nun brütete die Schwänin. Und ihr Schwan versorgte sie treulich.

Eines Tages hatte er Gras vom Bachsaum gezupft. Mit dem Büschel im Schnabel flog er zurück und sah die beiden Teiche unter sich. Er war wohl etwas zu weit geflogen. Die beiden Teiche schienen ihm gleich. Das irritierte ihn. Ein Zeichen ließ ihn entscheiden.

Die Schwänin vom Nachbarteich hatte manche Tage nach oben geblickt. Viele Schwäne waren über sie hinweg geflogen. Einige landeten neben ihr. Sie hat nie ihre Flügel freudig erkennend breiten können. Die fremden Schwäne flogen wieder fort. Sie wollte nur ihren Schwan begrüßen. – Doch er kommt nicht mehr. Sie wusste es jetzt ganz sicher. Noch einmal hob sie ihren Blick – plötzlich schien ihr der Schwan dort oben vertraut. So lange hatte sie gewartet – er musste sie doch sehen!

Als er neben ihr gischtend landete, erkannte sie den Schwan vom Nachbarteich. Er trug ein saftiges Büschel im Schnabel, so war „ihr" Schwan stets von der

Reise gekommen. Sie wollte sich selbst nicht glauben, dass es der falsche Schwan sei – sie wollte tun, wofür sie lebte! Und da war er, der das auch wollte. Sie nahm das Büschel aus seinem Schnabel und schaute ihn an.

Da sah der Schwan die fremde Schwänin und ihren lockenden Blick. Die uralte Angst des Mannes in ihm erwachte: Wusste er so genau, ob die Brut seines Weibes drüben wirklich die seine war? Wenn nun ihr auch so ein Moment geschah mit einem Anderen – er wird es nie erfahren! Doch hier hat er eine zweite Chance, sicher zu gehen. So leicht wird sie ihm geboten! Warum nutzt er sie nicht? Es war nicht sein Schilf ringsum. Es war ein anderer Teich. Er selbst war ein anderer hier, so weit weg. Und diese Schwanenfrau so nah.

Er hob die Schwingen, hob sich selbst. Sie duckte sich und bot den Bürzel. Da riss es ihn hoch und auf sie nieder.

Dann breitete er die Schwingen, schwang sich hoch auf und flog hinweg über das fremde Schilf, seinem Mühlenteich entgegen. Er wollte schnell vergessen. Und wusste doch, dass er das nicht können wird.

Sie sah ihm nach und dachte: Nie sehen wir uns wieder – wenn ich keine Brut erhalte!

Nun musste sie das Nest bauen. Sie konnte gar nicht anders. Allein stieg sie auf, erspähte, sammelte Gräser,

Zweige und trug sie ins Schilf. Kunstvoll baute sie und dachte der Zeit, da sie nicht allein gewesen war. Sie brauchte länger, sah selten beim Fliegen den Nachbarn. Er sah sie nicht an, kreiste über seinem Teich. Seine Mühlenteichschwänin sah sie nicht. Die saß wohl schon auf ihrer Brut. Da muss er sie versorgen, denn Schwäne teilen sich das Brüten selten. Er war fleißig, sie' sah es. Er war eben ein treu sorgender Schwan.

Gerade fertig war sie mit dem Nest, als sie sich hocken musste. Dann glänzten fünf Eier in der Sonne. Sie freute sich. Dann kuschelte sie ihre Wärme in das Nest.

Stunden saß sie so. Sie war es so gewöhnt. Doch kein Schwan kam, ihr Grasbüschel oder kleine Fischchen zu bringen. Ihr Herz zerriss zwischen eigenem Hunger und Sorge um die Wärme für die Brut. Bis sie mit nagendem Schuldgefühl sich aufschwang und zum anderen Teich flog. Sie sah den Schwan, umflog ihn schnatternd, griff ihn an, dass er seine Schnecke aus dem Schnabel verlor. Wütend verfolgte er sie. Die Schwänin landete bei ihrem Nest und hörte auf zu zischen.

Er sah in das Nest, sah auf die fremde Schwänin, und wie sie ihm die Brut zeigte. Das sah so gleich aus. Seine eigene Schwänin präsentierte sie genauso. Nun wusste er: Auch diese Brut war seine, wie auch die

Brut vom Mühlenteich. Die Fremde bewies ihm: Die eigene hat ihn nicht belogen. Ruhe, Stolz und Kraft zogen in sein Herz. Er spürte die uralte Aufgabe des Mannes in sich wachsen. Er wird für sie sorgen. Es ist seine Brut, die eine wie die andere.

Er blickte die Schwänin an.

Ihre Augen verstanden. Sie sagten: Danke! Vor seinen Augen kuschelte sie wieder ihre Wärme in das Nest. Den nagenden Hunger vergaß sie.

Dann erhob er sich, glitt über beide Teiche. Stark und stolz zog er kreisend über Schilf, Moos, Wiesen und Wasser. Er wird alles teilen, was er findet, es wächst genügend für beide. Er kennt seine Pflicht und er erfüllt sie gern.

Die Schwänin vom Mühlenteich war unzufrieden mit ihrem Schwan. Es regnete. Das störte sie nicht. Sie breitete die Flügel übers Nest, damit keine Nässe zwischen die Zweige kroch. Immer richtete ihr Schwan es so ein, dass er vor dem Regen zurückkam. Doch häufig blieb er jetzt lange aus. Was war nur los mit ihm?

Der Regen ließ nach. Beim letzten Tropfen kam er angeflogen. Nachdem er die Heuschrecke in ihren Schnabel gleiten ließ, sie in ihren Schlund gesteckt hatte, hackte sie nach ihm. Er war verwundert. Und sah sie an, als wollte er sie um Verständnis bitten. Da ließ sie das Hacken sein. Dann stob er los, als jage ihn der Teufel.

Es blieb nicht bei diesem einen Mal. Immer wieder kam er spät, viel zu spät – und immer wieder dieser um Verstehen bettelnde Blick. Sie ließ das Hacken, es änderte ja nichts. Er stob auch ohne dies davon, als jage ihn der Teufel. Müde war er abends, so müde.

Das erste Ei brach – und er war gerade da. Wie freuten sich beide! Bald purzelten vier Küken in ihrem Nest, zertrampelten die Eierschalen, ihre Eltern warfen dir Schalem hinaus- Ihr Vater flog als erster los. Dann flog auch sie zur Futtersuche. Nun waren sie zu zweit. Alles wird gut.

Nichts wurde gut. Oft verlor sie ihren Schwan aus den Augen, sie flog doppelt so viel wie er. Sie beschloss, ihm heimlich zu folgen. Mit einem kleinen Frosch im Schnabel sah sie ihn hochfliegen, viel höher als nötig. Sie blieb hinter ihm, glitt knapp über der Wiese ihm nach.

Unfassbar! Er flog zum anderen Teich. Sie hatte schon Verdacht geschöpft, als sie den kleinen Frosch erkannt hatte – den fraßen ihre Küken doch nicht! Da sah sie ihn niedergehen zur Schwänin vom anderen Teich. Sie saß noch auf den Eiern und ließ sich von ihm füttern – ungeheuerlich!

Die Schwänin vom Mühlenteich schwang sich hoch und griff die Fremde an. Die wehrte sich. Da kam ihr Schwan zurück. Und half nicht ihr, nein, der Fremden stand er zur Seite! Beider Schnabelhiebe ließen sie das Weite suchen. Entsetzt rettete sie sich zu ihren Küken.

Nichts nützte den Küken ihr Betteln. Ihre Mutter hatte nichts für sie im Schnabel und keinen Sinn für ihr Flehen. Blieb sie jetzt allein?

Da kam er. Fütterte die hungrigen Schnäbel, als sei da nichts gewesen. Dann sah er sie an – wieder mit diesem bittenden, um Verstehen bettelnden Blick.

Sie musste weg. Sie schwang sich hoch, hoch wie nie zuvor, bis sie beide Teiche sehen konnte. Sie kreiste und kreiste, sah die Andere im Nest hocken und begriff.

Noch wehrte sie sich, denn das durfte nicht sein. Sie zupfte Wasserpflanzen vom Bachgrund für ihre Küken, rasend schnell, die ausgefallene Mahlzeit zu ersetzen. Sie blickte verstohlen zu ihrem Schwan, wie er über dem eigenen Nest niederging. Glaubte, sie habe geträumt. Beim nächsten Futterholen schwang sie sich hoch und sah ihn wieder zum Nachbarteich fliegen.

Ihr treuer Schwan! Sie begriff: Er war ihnen beiden treu. Sie kannte ihn so lange schon, wusste, er würde sie beide nicht verlassen. Und fröstelte unter ihren

Federn. Es war passiert, nicht mehr zu ändern. Konnten sie es schaffen?

Wie rasend rupfte sie, gönnte sich keine Pause. So ging es ihm wohl lange schon. Davon war er immer so müde! Sie musste es ihm gleich tun. Ihre Küken wollten wachsen.

Eines Tages kreiste sie weit oben und sah die Andere nicht auf ihrem Nest. Sie stob hinab und sah die Küken betteln. Sie wollte auf die Küken nieder – und konnte es nicht tun! Da kam die Fremde, drohte – es war nicht nötig. Sie wird nicht zur Kindesmörderin. Sie huschte weg, sah ihren Schwan der Anderen zu Hilfe eilen – nein, dies war ein anderes Revier. Sie gehört nicht hierher. Schlimm genug, dass ihr Schwan auch hierher gehört.

Drei Schwäne versorgten neun Küken. Sie wurden immer müde, den vierten Schwan zu ersetzen. Zuerst erlahmte der Schwan vom Mühlenteich. Erschöpft stand er einmal auf der Wiese am Waldrand. Den schleichenden Fuchs bemerkte er nicht. Im letzten Moment entwand er sich seinem Zuschnappen und hackte kraftlos mit dem Schnabel. Der Fuchs sah ihm nach, wie er torkelnd abflog. Dich krieg ich noch, freute er sich der seltenen Beute.

Einmal versorgte der Schwan die Küken vom Mühlenteich und einmal noch die Brut der Anderen. Dann behielt der Fuchs Recht.

Wenn sich die beiden Schwanenmütter sahen, nahmen sie sich keine Zeit füreinander. Sie hatten beide schon ein Küken verloren. Sie wussten es, ohne sprechen zu können. Sie verdrängten den Schmerz und taten, was sie konnten. Es war nicht genug.

Nach Afrika flogen sie allein. Beide kamen nicht zurück.

***

„Wenn ein Schwan seinen Partner verliert", sagte der Fischpächter, „stirbt er aus Liebeskummer und Einsamkeit. Schlimm für seine Küken." – Die kleine Enkelin schaute traurig auf die leeren Wasser. „Sie waren doch so treu und fleißig, Opa?" – „Ein Schwan ist treu und dennoch einsam. Menschen können sich helfen."

Das kleine Mädchen dachte nach. Sie war froh, ein Mensch zu sein.

Am Heiligtum der alten Ruganer

Wir wollten noch einmal Rügen sehen. Mit dieser Insel verbinden uns beide viele Erinnerungen aus Kinder- und Jugendzeit. Ferienlager, Camping mit Freunden – der Reisetraum unserer frühen getrennten, später gemeinsamen Wünsche. Wir sind gefahren bis zum Kap Arkona, spazierten an den Leuchttürmen entlang, besuchten die alte Slawenfestung, die halb abgebrochen, hoch über der Steilküste ragt und wanderten zurück nach Vitt, dem kleinen Fischerdorf. Ein solches ist es lang nicht mehr, doch sieht es noch so aus. Für Touristen macht man heute auf Rügen alles ansehnlich und dennoch auf alt. Dann stiegen wir hinab an den Strand, suchten ein Kuhle und streckten unsere müden Beine aus. Sommer war's, kaum Wind, nicht zu heiß – Wanderwetter, wir hatten uns den Tag gut ausgesucht. Ich sah auf das ferne Kap Arkona, meine Frau hatte die Augen geschlossen. „Da ist erst vor kurzem wieder ein Stück abgebrochen", sagte ich sinnend zu ihr. Ich erhielt keine Antwort. Eingeschlafen war sie, ganz schnell – so viele Kilometer zu laufen sind wir beide nicht mehr gewohnt. Soll sie schlafen. Rentner sind wir, Termine drücken uns nicht mehr. Wir genießen endlich den Luxus, den Bedürfnissen unseres Körpers lauschen und ihnen folgen zu können. Gib dich hin, meine Schöne, dachte ich versonnen – grad wie zu jener Zeit, als ich das noch mit Herzklopfen gesagt hätte.

Man kann einer Schlafenden lange zusehen, hebt dann doch den Blick und die Augen suchen sich ein Ziel. Kap Arkona, eine Steilküste, Leuchttürme, eine alte Slawenburg mit Erdwällen, zur Hälfte schon abgebrochen und im Meer versunken, ein Heiligtum sei sie gewesen, sprach der Führer. Wir standen auf dem Aussichtspunkt des Burgwalls, sahen nach Vitt – doch viel war da nicht zu sehen. Nun sind wir dort, wo wir hinsahen. Gesehenes vermischt sich mit Wissen, meine Gedanken tauchen in Geschichten, tausende Jahre alt, Geschichten der alten Ruganer. Dort im Heiligtum beteten sie ihre Götter an. Kaufleute fanden sie, begannen mit ihnen Handel zu treiben. Mönche folgten ihren Wegen, bekehrten sie zum Gott der Christen, dem einzigen. Warum ließen sie sich abbringen von den Göttern ihrer Väter? Ich will und kann nicht rechten mit ihnen, es ist geschehen, es gibt keine Ruganer mehr, aufgegangen sind sie im großen Volk der Deutschen, wie so viele andere auch – ein ganz normales Schicksal. Das wissen wir heute. Sie fügten sich der Lehre: Es gibt nur einen Gott. Er ist allmächtig und ewig. Nichts kann geschehen, was er nicht weiß oder zulässt. Du sollst keine anderen Götter haben neben mir.

Die Ruganer hatten andere Götter und gaben sie auf. Warum? Denn bei den Bekehrungsreden der Mönche muss doch wenigstens einer von ihnen still für sich gefragt haben: Was sagt eigentlich der Mann da in der

Kutte und dem Kreuz in der Hand? Und er dachte vielleicht heimlich: Logik hat mir Gott, der Schöpfer, gegeben. Wende ich sie an, muss ich folgern: Wenn es nur einen Gott gibt, kann der Mensch nicht andere Götter neben ihm haben. Betet ein Mensch also einen Baum, einen Stein oder irgendetwas in der Welt als seinen Gott an, betet er ihn an, den Einzigen. Also sind meine Götter doch auch nur er, der Einzige, nur in verschiedenen Gewändern!

Ein uralter Hauch scheint mich anzuwehen vom halb sichtbaren Heiligtum der alten Ruganer. Doch ich lebe tausend Jahre später. Ich weiß mehr als jener Heide, weiß, dass es drei monotheistische Religionen gibt. Und der Logik dieses zu bekehrenden Menschen vor tausend Jahren, weiter gedacht mit meinem Wissen, kann ich folgern: Die drei monotheistischen Religionen haben nur verschiedene Namen für ein und denselben Gott. Ihre Unterschiede beschränken sich auf Rituale, wie die Menschen ihm dienen oder anbeten. Religionen, die viele Götter haben, spalten seine Erscheinung nur in verschiedene Bereiche. Diese „Götter" sind nur verschiedene Ansichten, Teile des einen Gottes. Auch sie unterscheiden sich also nur in äußeren Ritualen von den drei monotheistischen Religionen.

In den modernen Wissenschaften findet Gott keinen Platz. Man spricht von den materiellen Erscheinungen und den Naturgesetzen. Der Zusammenhang zwischen ihnen, so sagt die Wissenschaft, erschließt sich in ihrem Wirken. Die materiellen Erscheinungen sind fassbar. Naturgesetze sind das nicht. Im Zusammenwirken der uns umgebenden Welt können wir die „unsichtbaren" Naturgesetze erkennen und gedanklich erschließen. Naturgesetze sind somit gleichsam die „Seele" der Natur, das Materielle der Natur ist ihr „Körper". Für die Seele des Menschen hat die Naturwissenschaft das Wort „Bewusstsein" gesetzt. Vergleichbar können wir die Naturgesetze als das Bewusstsein, die Seele der Natur bezeichnen. Diesen Gedankengang finden wir in vielen Naturreligionen wieder. Einige Naturvölker verbeugen sich vor dem Stein, dem sie bei Gebrauch „wehtun" müssen. Sie bitten das Tier um Verzeihung, wenn sie es töten, weil sie es als Nahrung brauchen. In der Logik solchen Denkens können wir auch unsere eigene „Seele", unser eigenes „Bewusstsein" als kleinen Bestandteil einer „Weltseele", eines „Weltbewusstseins" sehen.

Bin ich im logischen Denken so weit fortgeschritten, bleibt nur noch zu fragen, warum wir solches „Weltbewusstsein" nicht auch Gott nennen können? Ich denke – ja. So ist auch dem Atheisten die Brücke zum Gläubigen möglich. Er definiere das Ideelle in der Natur als Gott – schon verschwindet der prinzipielle Unterschied zwischen ihm und dem religiösen Menschen.

Ich habe einen großen Kreis im Denken geschlagen, um festzustellen, dass Auseinandersetzungen zwischen Religionen und zwischen „Gläubigen" und „Ungläubigen" lediglich auf verschiedenem Sprachgebrauch beruhen. Von sich heraus sind sie nicht notwendig. Warum aber haben die meisten Menschen offensichtlich noch nie so weit gedacht?

So schafft jede Religion oder Weltanschauung mit ihren Ritualen eine Art „Schere im Kopf". Diese schneidet ein logisches Weiterdenken über die gewohnten Begriffe und Denkgewohnheiten hinaus ab. Das ist schade und schlimm. Denn so kann der Anders- oder Nichtgläubige zum Feind werden.

Zurück zum Ersten Gebot. Auf die eine oder andere Art und Weise ist es in jeder Religion vorhanden. Und hat doch eigentlich gar keinen Sinn. Denn es gibt doch nur den einen Gott!

Oder doch? Fügt man nämlich in die beiden Sätze statt Gott das Wort „König" ein – sofort ergibt sich ein sehr praktischer Sinn. Dass es mehr als einen König in der Welt gibt, ist jedem Menschen klar. Und Königtum beruft sich stets auf Sendungsbewusstsein durch Gott. Die Gleichsetzung der Worte Gott und König tritt in vielen christlichen Liedern auf. Ein Herrschaftsanspruch wird durch das Erste Gebot legitimiert. Es wird gebraucht im Sinne: Du sollst keinen anderen König haben neben mir.

Wenn die Menschen über diese beschriebene Schwelle hinaus logisch denken, die „Schere im Kopf" überwinden, kann der Toleranz, dem Frieden und einem anderen Herrschaftsverständnis ein weites Feld geöffnet werden. Neu sind solche Überlegungen nicht. Man lese von Lessing „Nathan, der Weise" und darin die Ringparabel, welche dieser dem Sultan Saladin vorträgt. Und die Indianer Nordamerikas hatten schon immer die Vorstellung von einer beseelten Natur.

So kann das Erkennen der Unlogik des Ersten Gebots eine Brücke sein. Über diese Brücke sollten alle Menschen zueinander gehen und brauchten sich nicht fürchten. Die Logik im Denken kommt von Gott! Sie anzuwenden, kann nicht Sünde sein!

„Du siehst grad aus, als wälzt du große Probleme. Hab ich recht?" Meine Frau ist munter, schaut mich spöttisch an. „Ausgeschlafen, schöne Schläferin?" – „So, habe ich das?" Sie setzt sich, klopft den Sand von ihrer Hose. „Wirst wohl Recht haben, wenn ich diese Abdrücke sehe. Und du? Du hast vor dich hingesonnen und die Welt verbessert, oder?" – „Weiß ich nicht, ob ich die Welt verbessern kann. Doch Gedanken machen Spaß – und manchmal bewirken sie auch etwas." – „Richtig, Träumer. Und nun habe ich Hunger. Kannst du dich an das kleine Café dort oben in Vitt erinnern?" Vergnügt stehen wir auf, fassen uns an den Händen und steigen bergan.

Reiberei

Wir wollten nur mal schnell tanken fahren.

„Fahr du!", sagte meine Frau zu mir. Meine Frau ist begeisterte Autofahrerin, ich hingegen betrachte Autofahren als notwendiges Fortbewegungsübel. So sitzt auf unseren Fahrten meistens meine Frau am Steuer.

An der Kreuzung stellte ich mich in die Linksabbiegerspur. – „Warum fährst du nicht geradeaus?" – Man kann an dieser Kreuzung links entlang der Hauptstraße oder geradeaus über Schleichwege etwas kürzer zur Tankstelle fahren. Mir ist das egal, in solchem Fall gebe ich gern meiner Frau nach. Die Ampeln brauchen hier immer lange zum Umschalten, hinter mir ist ein Auto noch weit weg. Ich stoße zurück und biege in die Geradeausspur. Inzwischen bewegt sich das gegenüberstehende erste Auto als Linksabbieger zügig auf die Kreuzung. Ich verharre, denn ich schließe, der will schnell noch vor mir rüber. Ich hätte zwar recht, die Beule trotzdem, also halte ich sachte an. Der andere auch, hinter mir hupt es und meine Frau sagt: „Was machst du für'n Scheiß?"

Dumm gelaufen. Ich gebe Gas und fahre weiter zur Tankstelle.

Der Einfüllstutzen unseres Autos ist rechts. Natürlich sind alle linken Seiten der Zapfsäulen besetzt. Ein Fahrer kommt vom Bezahlen und steigt ein. Ich stelle mich hinter ihn. – Aber er fährt nicht los. Er lässt die Tür weit

Ich entschließe mich, die linke Seite einer anderen Zapfsäule zu nutzen, der Schlauch reicht ja. Ich fahre eine Einfahrt weiter, will meinem Vordermann nicht die Tür abfahren. – „Warum fährst du so weit?" – Aus den Augenwinkeln sehe ich: Die Tür des Bummlers ist jetzt zu. – „Mensch, bist du umständlich!" – Ich ziehe den Schlauch übers Heck und brumme dabei: „Fahr du weiter, mir reicht's!" – „Meinst du, ich hätte dich wieder ran gelassen, so dusselig, wie du heute fährst?"

Meine Frau wunderte sich über meine Schweigsamkeit während der restlichen Fahrt.

Am Abend ging ich in die Nachtschicht. Zu meinen üblichen Broten hatte meine Frau noch ein großes Glas Erdbeeren in die Tasche gepackt.

Spuren von Arbeit

Spuren von Arbeit soll ich suchen auf einem kurzen Spaziergang durch ein kleines Stückchen Stadt. So ein Blödsinn, denke ich. Jedes Haus ist steingewordene Arbeit. Was hat das mit einer Spur zu tun?

Ich bin nicht allein auf diesem Spaziergang. Neben mir läuft schüchtern ein junges Mädchen. Ich kenne sie nicht. Vorhin zum Beginn der Schreibwerkstatt sagte sie etwas hilflos: „Ich war vor Jahren hier, kenne mich nicht aus und verlaufe mich bestimmt." Einzeln sollten wir auf Spurensuche gehen. Unschlüssig schauten die Anderen auf die schmale Blondine und gaben flapsig nutzlose Ratschläge. „Kommen Sie doch mit mir. Angst vor mir brauchen Sie doch nicht haben mit meinen sechzig Jahren." Und nun zeige ich auf die Häuser neben uns und sage, dass diese zur Gründerzeit entstanden. Erfurt streckte sich damals, die umliegenden Dörfer zu erreichen, nach dem Niederreißen seiner Festungsmauern in der Mitte des neunzehnten Jahrhunderts.

„Ähnliche Häuser sah ich in London", erwidert sie. Bei ihrer Jugendweihereise sei sie dort gewesen.

Unvermittelt sehe ich mein Bild inmitten von 14 Jugendweihlingen. Im Jahr vorher gab es deren sieben, noch ein Jahr zurück gab es sie noch gar nicht. An eine

Jugendweihereise dachte damals niemand. London lag außerhalb jeder Erwägung.

Der Pfarrer ist mir sofort gegenwärtig. „Nun, mein Sohn! Wählst du Satan oder Gott?" Zum Teil geduckt, zum Teil frech, doch alle gespannt, warteten die Konfirmanden auf meine Antwort. Die anderen Dreizehn hatten sich nach und nach der Unterweisung über die Bücher des Alten Testaments entzogen. Mein Vater wollte, dass ich blieb bis zu dieser Frage. „Warum?", fragte ich erstaunt. „Er soll zeigen, dass er dich rausschmeißt. Er soll nicht sagen können, du seiest fern geblieben."

„Ich will beides!" – „Setz dich, mein Sohn!" Nach einer salbungsvollen Rede, wonach der Herr die gerechten Schafe seiner Herde schützen müsse vor jenen, die seinem Weg nicht folgen wollen, befahl er mir zu gehen.

„Ich möchte etwas aufschreiben." Die Bemerkung meiner Begleiterin löst mich aus meinen Erinnerungen. Folgsam bleibe ich stehen. Wir halten vor einem Eckladen.

Das Mädchen kann nicht wissen, dass ich in diesem als Kaufmann gestanden habe, damals 1991. Neun Jahre kämpfte ich, wuchs anfangs. Dann kamen die Handelsriesen aus dem Westen. Ich bin darüber hinweg. Ich habe keine Läden mehr.

„Bei Ihnen fangen wir an mit Betriebsprüfungen", sagte vier Jahre später die Finanzbeamtin. „Ihre Struktur ist ideal für uns, und in ihrer Branche sind sie der Größte." Ein paar Jahre früher hätte ich für solches Lob eine Urkunde und einen feuchten Händedruck erhalten, vielleicht gar eine Prämie. Jetzt haben wir Marktwirtschaft. Da kommt das Finanzamt.

Hör auf – Geschichte, sage ich zu mir. Wir queren die große Ausfallstraße. Hier lag bis in die siebziger Jahre das Depot der Straßenbahn. Ich zeige auf die Backsteineinfahrten, das hässlich moderne Gebäude der Stadtwerke auf der ehemaligen Freifläche und erkläre, dass die Werbung der Gebrüder Staufenbiel seit mindestens zehn Jahren nutzlos ist. Die Häuser dahinter stammen auch aus der Gründerzeit. Es ist das alte Arbeiterviertel, Bebelstraße, Lassallestraße. Viele leere Fensterhöhlen blicken auf die Straßen. Wer kauft und saniert schon alte Mietskasernen? Das sind keine Renditeobjekte wie jene Häuser am Anfang unseres Rundgangs. Die leuchten in frischen Farben und sind bewohnt. Bewohnt waren diese Häuser hier auch, als ich in diese Stadt kam. Grau beherrschte schon damals die Fassaden, allerdings waren es überall – bewohnte Fassaden.

Viele neue Hochhäuser beeindruckten mich zu jener Zeit. Viertel voller Plattenbauten, mittendrin Schule, Kindergarten, Kaufhalle, alles fußläufig erreichbar, das Auto blieb draußen. Noch fehlte es an vielem, besonders an Farbe. Man hoffte, die käme noch. Es ging voran.

Ich zeige meiner Begleiterin die Plattenbauten, die damals anstelle von Abbruchhäusern im Stadtzentrum entstanden. Sie passten sich der historischen Stadtlandschaft an. Als hier noch Fabriken arbeiteten, quirlte Leben in der alten Handelsstraße. Grau war auch sie damals und voller Menschen. Heute sind die Fassaden bunt. Doch die Schaufenster sind meist zugeklebt und an der sauberen neuen Straßenbahnhaltestelle warten kaum Leute. „Ich weiß", sagt das Mädchen. „Meine Mutter arbeitete damals dort in der Druckerei."

Wir gehen nicht hin. Ich biege mit ihr an der alten Klostermauer ab und führe sie zu den Fließen der Gera. Der Kontrast kann nicht größer sein: Rechts steht die alte, restaurierte Klostermauer, links werden mit dem Kran auf den Flächen alter Ruinen moderne Stadthäuser montiert. Wir sind im Kerngebiet der Stadt. Wie viele Häuser mögen hier gebaut, verfallen und wieder gebaut worden sein? Wie viele Generationen Hoffnungen und Enttäuschungen gab es neben den alten Klostermauern?

Der Blick auf die verträumte kleine Flusslandschaft lässt mich melancholisch werden. Was ist deine eigene Lebensenttäuschung gegen diese Folge so vieler kleiner und großer Kämpfe, Siege und Niederlagen, die in dieser Stadt zu Stein geworden sind? Haben nicht andere Menschen andere Träume geträumt?

Am großen „wilden" Parkplatz erkläre ich: Das ist das Grab eines Stadtrings. Die Zeit überholte ihn. Die Menschen jener Zeit wollten ihn nicht mehr. Dabei dachten seine Schöpfer nur das Beste, auch und gerade für diese Menschen. Sie waren aber einander fremd geworden, die Menschen, für die sie bauen wollten und seine Bauherren. Nun liegt ihr Stadtring abgebrochen auf jenem schlammigen Parkplatz.

Ein Handy klingelt in der Tasche meiner Begleiterin. Die Freundin ruft an. Gymnasiastengeschichten dringen in Fetzen an mein Ohr. Sie gehen mich nichts an. Als ich noch keine zwanzig zählte, war an ein „Handy" nicht zu denken, und ein Telefon besaßen nur ausgesuchte Leute. Mein Vater stellte den Pfarrer vor eine Entscheidung. Ich verließ den Konfirmandenunterricht – meine Kameraden schauten mir neidisch nach. Das war mein Jugendweiheerlebnis. Das Mädchen neben mir sah Häuser im fernen London.

Erfurt ist schön und bunt geworden – und hat so viele leere Häuser. Die wurden gebaut und verfielen, werden neu montiert. Mein Lebenstraum erfüllte sich nicht, ich suchte einen neuen. Das alles hat das Mädchen neben mir noch vor sich.

Wir sind zurück. Wir sollten notieren, was uns auffiel bei unserem Gang, nach Spuren der Arbeit zu suchen. Was berichtet sie?

Eine Inschrift beeindruckte sie am meisten, ein Graffiti. „I love you, Sarah!" So kunstvoll gesprüht! – Natürlich! Hätte mich damals auch berührt.

Spuren von Arbeit sollten wir suchen – mein halbes Leben fand ich wieder.

Internet 2050

Ich lese am Bildschirm meine Arbeit über archäologische Artefakte auf dem Mars Korrektur. Das Webcam-Zeichen blinkt und stört mich. Es hilft nichts, ich bin raus aus meinen Gedanken und, drücke auf „Antworten".

„Tag, Lasuk! Lässt mich aber lange warten ..." Larissa lächelt in die Kamera. Doch ich sehe auch den kleinen Ärger in ihren Augen. Trotzdem sage ich: „Du störst mich bei meiner Masterarbeit. Sie soll doch fertig werden." – „Hast du schon gegessen? Das vergisst du doch immer, wenn du daran sitzt." – „Nein", antworte ich unwirsch. – „Musst du aber. Wie willst du dich bei ihrer Verteidigung konzentrieren können, wenn du Hunger hast? Sie werden dir arg zusetzen."

Das weiß ich. Sitze hier, war noch nie auf dem Mars und will nachweisen, dort gäbe es Ruinen menschlicher Arbeit, mehr als zehntausend Jahre alt. Ganz schön verrückt. Aber was ist heutzutage nicht verrückt?

„Wenn ich an dir vorbeischaue", fährt Larissa fort, „sehe ich nur Unordnung in deiner Studentenbude. Ich muss wohl vorbeikommen, oder?"

Das bringt sie fertig. Findet immer einen Grund, mir nahe zu kommen. Aber ich mag sie nicht zu nahe. Andere würden mich beneiden, ich weiß. Ich bin so hilflos zwischen ihrem Gefühl für mich und meiner inneren Abwehr. Sie gibt sich solche Mühe – und bei mir regt sich nur Traurigkeit, dass ich ihr Gefühl nicht erwidern kann. „Sagst doch gar nichts. Also komme ich. Du hast doch nichts dagegen?"

Wäre die Kamera nicht so klein und undeutlich, würde ich ihr Gesicht jetzt strahlen sehen. Aber ich kenne ja ihr Strahlen in Natura. Ich nicke ihr zu. Was soll ich tun, kann doch gar nicht anders?

„Bin in zehn Minuten da." Der Bildschirm verlischt. Sie hat übertrieben, braucht nur zwei Minuten von ihrer Bude bis zu meiner, muss nicht einmal das Haus verlassen. Aber sie wird sich noch zurechtmachen, schminken, ein Top auswählen, die Unterwäsche wechseln. Frauen denken immer: Man weiß ja nie ... Mir wird ganz schwindlig.

Mein Blick fällt auf Opa – auf sein Bild, welches auf meinem Schreibtisch steht. Ging ihm das auch so, als er studierte? Da war alles noch ganz anders. Er studierte ellenlang, musste noch Kellnern gehen und war mit dreißig erst fertig. Ich bin jetzt zwanzig. In zwei Jahren weiß ich mehr als seine Professoren und habe den ersten akademischen Titel. Er hat davon geträumt, dass es mir so gehen könne. Doch erleben konnte er es nicht. Ist dabei umgekommen, als es so wurde, wie er es gewollt hat. Ich kenne nur das Bild von ihm. Vati hat mir stets vorgeschwärmt, ich sei ihm so ähnlich. Ich hätte ihn gern kennen gelernt. Schade.

Die Glocke schlägt an. Noch hätte ich Zeit, die Tür zu verriegeln. Auf dem Monitor erscheint Larissas Strahlen weit vor meiner Tür. Wie sollte ich? Versonnen schaue ich in ihr Gesicht und bin dankbar, dass sie mich jetzt nicht sehen, meine Zwiespältigkeit nicht aus dem Gesicht lesen kann.

„Was hast Du da für Bücher?"

„Mein Vater hatte mir einige seiner Bücher gegeben. Damals wusste ich nicht viel von ihm, was Eltern eben von ihren Eltern erzählen. Ein wenig geheimnisvoll schien er mir schon vorher. Ich solle mal darin stöbern, da würde ich mehr über ihn erfahren. Bücher las ich immer gern. Ich griff mir eins: Die dunkle Seite des Mondes. Die halbe Nacht las ich."

Ich sehe sie an, erkenne ihr Interesse. Der nächste Mensch ist sie mir. Ihr kann ich es sagen, mein Geheimnis, das ich bisher vor jedem verborgen hatte. Man könnte mich auslachen. Doch Larissa lacht mich nicht aus.

Von jenem amerikanischen Wissenschaftsjournalisten erzähle ich und seinem Kampf mit der NASA, die „echten" Bilder von Mond und Mars zu erhalten. Denn seine Recherchen sagten ihm, dass da mehr gesehen wurde, als man der Öffentlichkeit zeigen wollte. Von der Glaskuppelkonstruktion, die einstmals auf dem Mond gestanden haben musste, von den Glasscherben, in denen die Astronauten wateten und nie ein Sterbenswörtchen darüber verloren – von all dem berichtete das Buch. Dass deshalb nie wieder Mondexkursionen stattfanden, obwohl immer wieder angekündigt. Beim Mars war es nicht anders. Auch heute liegt ein Geheimnis über den Ausflügen der Menschen auf dem Mond und den Erkundungen der Marssonden. Sogar Roboterteile und Stadtstrukturen vermeinte man, auf dem Mars zu erkennen.

„Glaubst du mir nicht?" – „Das ist ganz unwichtig", antwortet Larissa. „Ich will wissen, woher deine Marsbegeisterung herkommt. Wer weiß schon, was wahr und unwahr ist?"

Ich bin erleichtert, erzähle weiter. Weil das so Unwahrscheinliche einen riesigen Denkbogen verlangte, kam ich zu meinem Berufswunsch. Nur Philosophie und Geschichte werden mir je beantworten können, ob es möglich sei, dass eine Menschheit vielleicht gar seit Millionen Jahren durch das Weltall vagabundiert, wir das waren – nur: Wir wissen es nicht mehr.

„Ich will es herausfinden. Lach nicht, Larissa." – „Ich lach doch gar nicht." – „Aber du denkst ein Lachen. Muss doch jeder, der mich so reden hört." – „Nein, ich bin keine Kleingläubige. Die angelt sich keinen Jungen wie dich, du Dummer!" Larissas Augen glühen wieder.

Und ich fühle mich wie ein erwachter, junger Kater in den Krallen einer Tigerin. Wir balgen uns wie Katzenkinder und vergessen Mars und Menschheit.

Die Welt ist schon verrückt. Larissa liegt rücklings nackt auf meinem Bett. Ich streichle mit den Augen vom Kopf abwärts ihre Haut entlang, bewundere ihre Knospen und gleite zum Bauchnabel. Gerade haben wir wieder ... Noch immer sträuben sich meine Gedanken, das Wort zu gebrauchen, was wir nun schon seit zwei Tagen tun, wieder und wieder – wie oft eigentlich?

„Nun ist es aber genug!" Larissa faucht. „Du musst doch nun genug Dampf abgelassen haben, dass man sich mit dir wieder vernünftig unterhalten kann!" Sie steht ruckartig auf und zieht sich in Windeseile an. „Steig in deine Klamotten, wir können nicht ewig nur ... – Habe bei ‚Liberty' nach deinen Artefakten geforscht. Nichts. Ich bin eigentlich gekommen, weil ich mit dir gemeinsam schauen will. Da habe ich bei dir etwas geweckt, und du bei mir. Nun bin ich dran, kapiert?"

Verstehe einer Mädchen! Ich wohl nie.

„Du hast wohl seitdem nie weiter gesucht?"

Verwundert bejahe ich. Mir war es nicht genug, was ich in jenem Buch gelesen hatte. ‚Liberty' begründete, dass sich Mond- und Marsreisen auf Jahre hin nicht rechnen werden. Da kommt jetzt nichts Neues mehr. Doch was im Buch steht, wird sich finden lassen.

„Dann geh mal ran. Du kennst es. Ich nicht."

Stunden später geben wir auf. Kein Buchtitel, kein Autorenname – gar nichts finden wir. Bin ich einem Phantom nachgejagt?

„Mir reicht es. Hunger habe ich auch. Mal sehen, ob Messa da ist." Larissa drückt auf sein Symbol am Hauscomputer, ‚Willy' erwacht. Eine freundliche Frauenstimme fragt nach dem Begehr.

Ich höre nicht hin, Larissas Hunger interessiert mich nicht. Es gibt nichts, was Liberty nicht weiß. Und ausgerechnet ich will das nicht glauben?

„Iss jetzt, Träumer! Habe dir bei Messa Rührei und Spiegelei bestellt – wirst du brauchen." Verschwörerisch schiebt Larissa mir die Eier rüber. Ich esse, weil sie es so will, spreche dabei von meinem Vater. Der hatte vor langer Zeit von ‚Wikipedia' und ‚Google' erzählt.

„Das ist doch alles zu Liberty geworden, damals nach der großen Wende", antwortet Larissa mit vollen Backen.

„In der großen Wende ist Opa umgekommen, erlebte seinen Sieg nicht mehr", füge ich hinzu.

„Ob er das heute als Sieg bezeichnen würde?", fragt Larissa. „Mancher hat schon an einen Sieg geglaubt und fand sich um ihn betrogen." – „Na, du denkst Sachen!" – „Ich studiere Geschichte wie du. Lies nicht nur das Lehrbuch, Lasuk. Manche Figur versuche ich zu erfassen, ihre Gefühle nachzuempfinden. Luther wollte die Kirche reformieren. Er hat sie gespalten. Wir lernen das als Sieg. Sah er das auch so? Ich habe da Zweifel."

Mädchen und ihre Gefühle. Bringen sie gar in die Geschichte ein. So sieht sie das? Macht so aus dem großen Reformator einen Verlierer?

Angst vor meiner Tigerin steigt in mir hoch. Welche Überraschung erwartet mich noch?

Weg mit meinen Sorgen! „Ich gebe mal ‚Wikipedia' ein!" Essen beiseite, ran an Liberty. Ellenlange Erklärungen. Sie interessieren mich nicht wirklich. Dann gehen alte Masken auf. ‚Die dunkle Seite des Mondes' – Buch suchen. Liberty nimmt an. Nanu, das dauert ja! ‚Error'! „Mist!"

„Versuch ‚Google'," sagt Larissa. Gar nicht gemerkt, dass sie hinter mir steht. Ich tippe, lese, tippe … ‚Error'! Mir fällt ein, wie man auch bei dieser Meldung weiterkommen kann. Ich suche nach dem Grund für ‚Error'. Tippe, lese, tippe …

„Warning!" Ich lasse mich nicht verschrecken, grabe alte Tricks aus. Mein Gedächtnis arbeitet fabelhaft – das freut mich.

„Mir wird mulmig." Leise klingt Larissas Stimme neben meinem Ohr.

„Ach was! Da steht keiner mit einer Kanone hinter uns."

„Dangerous!"

„Lass gut sein, Lasuk! Die Meldung kommt nicht umsonst!" – „Ich tu doch nichts Verbotenes! Was erlaubt sich Liberty?"

„Hör sofort auf!" – „Jetzt will ich's gerade wissen. Das ist ein Grundrecht, nach Wissen zu streben!" Ich tippe und lese weiter. – „Du spinnst! Liberty registriert und ortet dich, und schickt einen mit 'ner Kanone! Solche Meldung kommt nicht zum Spaß!" – „Gräuelmärchen!" Ich tippe, bin wieder bei ‚Wikipedia', springe mal hier, mal dahin und taumele zwischen ‚Error', ‚Warning' und ‚Dangerous'.

„Mit einem Verrückten habe ich mich eingelassen, mit einem Lebensmüden! Das muss mir passieren!" – „Ist doch nur ein Computer", wiegele ich Larissa ab. – „Das denkst du! Wie naiv bist du nur?" Larissa schreit: „Hör auf, wenn dir dein Leben lieb ist!" – „Quatsch, wir sind doch nicht im Mittelalter!" – „Nee, ganz bestimmt nicht. Aber ich hau ab. Muss an mich selber denken. Schade um dich, um uns." Die Tür knallt ins Schloss.

Meine Finger ruhen. War das ein Abschied? Gar für immer? Wegen Computermeldungen? Was sind Mädchen doch für Gefühlsgeschöpfe! Meine Gedanken laufen kreuz und quer, bis ich zu der Meinung komme: Sie wird sich wieder beruhigen. Sie ist doch keine Kleingläubige, hat sie gesagt. Gerade darum habe sie mich ausgesucht. Ich bin doch wer, oder? Diesen Ruf muss ich verteidigen. Ich muss weiter forschen. Das geht doch gar nicht mehr anders!

Langsam beruhige ich mich. Bedächtig gleiten meine Finger wieder über die Tasten.

Endlich sehe ich, was die Astronauten damals auf dem Mond gesehen haben. Unfassbar! Ich lehne mich zurück. Warum hat Larissa darauf nicht warten wollen? – Nun suche ich auf dem Mars weiter. Habe doch Liberty überlisten können! Was soll mich noch hindern?

Im Monitor glimmt ein unbekanntes Licht auf. Es stört nicht beim Suchen. Vom Hauscomputer ‚Willy' tönt ein unbekannter Glockenschlag. Harte Strahlung spürte niemand. Sie schaltet nicht nur den Computer aus.

Der Mensch – Irrläufer der Evolution

Hallo Herr B.,

Bemerkungen zu Ihren Materialien „Der Mensch – Irrläufer der Evolution".

Es geht uns beiden wie dem Starastronomen Tycho Brahe und seinem Assistenten Johannes Kepler in der beginnenden Neuzeit. Sie arbeiteten an der gleichen Frage gemeinsam und hatten so gleiche Ergebnisse und Grundlagen für Schlussfolgerungen. Aber sie zogen diametrale Schlüsse. Warum eigentlich?

Sie suchten nach dem Parallaxennachweis von Fixsternen. Mit den damaligen Hilfsmitteln konnten sie keine Bewegung feststellen. Die gestellte Frage war nicht entschieden, nicht bewiesen, dass es keine gäbe. Die Entfernung zu den Fixsternen müsste so groß sein, dass Tycho Brahe sich eine solche nicht vorstellen konnte. Er zog deshalb den Schluss: Fixsterne stehen fest am Himmel. Die Erde ist der Mittelpunkt der Welt. Tycho Brahe schloss damit ab. Sein Weltbild blieb das Ptolemäische.

Der jüngere Kopernikus zog den Schluss: Fixsterne könnten so weit weg sein, dass wir ihre Bewegung nicht messen können, bewegen könnten sie sich trotzdem. Er folgerte: Die Erde ist nicht Mittelpunkt der Welt. Sie bewegt sich. Was hätte das für Folgen? Er

berechnete das kopernikanische Modell des Sonnen-
systems.

Für uns beide gilt dasselbe. Wir haben beide gleiche
„Messergebnisse", gleiche Erfahrungen mit unseren
Ursprungsfragen. Sie, Herr B., ziehen den Schluss: Es
geht nicht weiter gut mit dem Menschen! Er bringt
sich als Art um. Wir sterben aus, wie schon so viele
Arten ausgestorben sind. Ich denke nicht so. Wie Kopernikus rechne ich weiter und ziehe die Hoffnung auf
die Zukunft vor, dass es mit der Menschheit weiter
gehen könne.

Kopernikus These wurde erst bewiesen, als der Planet
Neptun aufgrund seiner Hypothese und neu entwickel-
ter Geräte entdeckt werden konnte. Das kann mir ähnlich ergehen. Den „Sieg" meiner Hoffnung werde ich
wohl kaum erleben. Was habe ich davon?

Eine optimistische Einstellung zum Leben. Ich wähle
also meine Hypothese aus simplen pragmatischen
Gründen aus: Sie nutzt mir heute. Denn mit einer op-
timistischen Einstellung lebe ich leichter und habe ein
Ziel.

Das ist alles, was uns unterscheidet. In meiner Jugendzeit beeindruckte mich einmal ein Film. Den Namen
weiß ich nicht mehr. Der Held wird am Ende seines
Lebens gefragt, warum er sich so abrackere, es danke
ihm doch keiner. Er antwortete: „Folge einem Stern,

dann kehrst du nie um!" Mein Stern ist, dass die Menschen (und unter anderen auch meine Kinder und Enkel) immer weiter und immer besser leben werden. Sehe ich in die Geschichte zurück, finde ich meine Auffassung bestätigt. Warum soll ich mich von einer Krise beeindrucken lassen? Die gab es schon immer.

Es ist natürlich – anhand der Faktenlage – eine Glaubensfrage. Bewiesen ist gar nichts – weder Ihre noch meine Entscheidung.

Mit besten Grüßen

Ihr L.

Vom Fischer un sin Fru

Hallo Claudia und Thomas,

wenn wir unseren Besuch und unsere Gespräche bei Euch noch einmal durchdenken, kommen wir zu der Meinung: Ihr beide seid wie der „Fischer un sin Fru". Aber so etwas hört man nicht gern. Schließlich ist die landläufige Aussage für die Kinder, die das Märchen hören, dass eine unersättliche „Fru" mit ihrem etwas „drögen" Fischer vom „lieben Gott" für ihre „Hoffahrt" bestraft werden. „Sin Fru" zetert darüber, ihr „Fischer" nimmt das gottergeben hin. Punkt. Doch wie bei jeder guten Literatur gibt es auch hier die „Geschichte hinter der Geschichte". Das Märchen wurde zu seiner Zeit ja nicht für Kinder erdacht, sondern als Lehre für Erwachsene im Volk. Und der wollen wir uns nähern.

Als Erstes wäre zu fragen, warum die Rollenverteilung so und nicht anders herum geschehen ist? Aber da kommen wir ganz schnell in „Emanzipations-Gedanken" und anderem Gedankenmüll unserer „modernen" Zeit. Verschieben wir die Frage und wenden wir uns dem Problem zu. Was könnte hinter den Worten stehen?

Dass Gott und seine Anrufung durch den Fischer eine Metapher für die fleißige Arbeit eines Mannes ist, lässt sich leicht finden. Schwieriger ist schon die Einordnung seiner Unterwürfigkeit unter seine Frau, denn er folgt ihren Wünschen, wenn auch später mit Widerworten. Er muss sie also sehr geliebt haben und wollte ihr die Welt zu Füßen legen. Doch dann kommt er auch mit fleißigster Arbeit irgendwann an eine Grenze, die er nicht mehr bewältigen kann. Das ist immer die Regel. Nur Ausnahmen schaffen es, „Erster" zu sein. Heute aber zählt in der Gesellschaft, dass es nur der „erste", der Spitzenplatz, der „Marktführer" ist, für den zu kämpfen sich lohnt. Der Rest – das sind Versager. Eine deutsche Fußballmannschaft möchte keine Siegesfeier bei der Heimkehr – sie war ja nur Zweite. Dabei ist der Sport von seinem modernen Begründer mit der Losung ins Leben gerufen worden: Teilnahme entscheidet! Der Sieg war für Baron de Coubertin nur schönes Zubrot. Man will perfekt sein, anderes zählt nicht im Beruf und Gesellschaft! Ein Klischee entsteht und fasst Fuß: „... für mich soll's rote Rosen regnen ..." singt man im Schlager und beendet das Lied mit den Worten „... alles – oder nichts". Man denkt nicht darüber nach, dass so viel Streben nach Perfektionismus "Ellenbogendenken" (und -handeln) hervorbringen muss, himmelt lieber Idole und „Sieger" an, vergisst völlig, dass alle anderen als Versager abgestempelt werden – soziale Kälte entsteht. Das Normale, dass Menschen immer auch „Verlierer" sein müssten, wenn es Sieger geben soll – es ist aus dem Blickfeld, aus dem Sinn. Für die bleibt dann eben nur das „... nichts", jedenfalls im neu geschaffenen Klischee. . So achtet

75

man das Geschaffene nicht – es ist ja nicht „Spitze"! Solch Denken fasst Fuß, zunächst beim Spekulanten an der Börse, den es nicht interessiert, womit er spekuliert, was sie andere Menschen bewirkt, er will doch nur „Geld verdienen". Die Gesellschaft lässt solch Interesse auch gar nicht zu, höchstens als Hobby, ablenken vom „Geld verdienen" darf es niemand, der in der freien Marktwirtschaft nach oben, „Marktführer", Spitze werden will. Sofort wird er in erbarmungsloser Konkurrenz bestraft – so entsteht Stress, Angst bei den Mächtigen, „abgehängt" zu werden. Doch Mächtige formen mit ihren Anschauungen von oben nach unten die Gesellschaft bis in die „Verlierer"-Schichten. Jeder lebt darin – und jeder wird mehr oder weniger von diesem unseligen Klischee unbewusst in seinem Handeln geleitet. Mancher auch bewusst. Doch ob bewusst oder unbewusst – das tut nicht viel zur Sache.

Eine kleine Geschichte nebenbei. Ein Mann schafft sich in seinem Arbeitszimmer eine Platte zur Ablage für Papiere, Bleistifte usw. Seine Frau sieht die Unordnung, fragt – akzeptiert aber die Erklärung. Am nächsten Tag steht an der linken oberen Ecke eine kleine Blumenvase. „Sieht das nicht schöner aus, Schatz?" Dagegen kann der Mann nichts sagen, es sieht schön aus. Dann kommt ein kleines Bildchen auf die andere Seite – tags später eine Decke über die Platte. Das geht so immer weiter, bis eine perfekt gestalte-

te Fläche das Arbeitszimmer ihres Mannes ver-
schönt. Fein – aber darauf arbeiten?

Die Geschichte könnte auch das Anfangsstadium von
„Fischer un sin Fru" sein. Sie könnte sich fortsetzen
mit dem ganzen Haus, welches der „Fischer sin Fru"
baute, an dem sie – heute ist ja alles etwas anders –
auch selbst mit Hand angelegt hat. Und so wie der
Mann, im Bestreben der Frau nach perfekter Schön-
heit, seine Arbeitsplatte verlor, kann er sein Haus verlieren – nicht tatsächlich, aber so, wie es am Ende aus-
sieht, kann er sich nicht mehr damit identifizieren. „Sin
Fru" versteht das nicht: „... sieht doch schöner so aus,
Schatz!" Er kann das nicht bestreiten – doch von ihm
ist nichts mehr da. Heute – im Gegensatz zum Märchen – könnte der „Fischer" dann ausziehen.

„Sin Frau" will nur perfekt sein. Sie wird älter, die
Gesellschaft lehrt: Sport muss sein, erhält die Figur.
Viel Zeit hat sie nicht. Sie findet die Essbar in der Küche. Einst eingerichtet, um Gästen stehend zu ermögli-
chen, beim Kochen zuzuschauen, wird sie doch nur
selten benutzt. Also kommt ein Gerät dahinter und
gleich nach dem Frühstück benutzt sie es jeden Tag.
Interesse ist geweckt, Prospekte flattern ins Haus. Bald
sind es vier Geräte. Die werden dann woanders aufge-
stellt, Möbel müssen weichen, Zimmer verlieren ihren Charakter. Der „Fischer" mault. „Ich brauche den
Sport, meine Figur ist im Job wichtig." Dem kann
er nicht widersprechen. Geld zum Kauf ist keine Frage,

man hat es ja „zu etwas gebracht", das Haus fast fertig. Nur: Gäste können nicht mehr an der schönen Essbar stehen, höchstens mit dem Rücken zum Herd – doch dafür war es nicht vorgesehen. Und das Zimmer, wo die Geräte stehen …?

So kann es mit vielem gehen, belassen wir es dabei. Unbändiges Streben nach Perfektion, nach „Spitze", hat verloren gehen lassen, warum der „Fischer sin Fru" genommen, warum „sin Fru" ihn genommen hat. Der „Fischer" spürt, irgendwann hat er es versäumt, Grenzen zu setzen. Er sucht verzweifelt, denn Perfektion verschlingt das Geld der Fischersleute, dabei hat man doch genug – und dennoch ist es immer zum Monatsende ausgegeben. Wie holt er das Versäumte nach?

Grenzen setzen, nicht perfekt sein – geht das heute? Natürlich geht das, aber dem „Zeitgeist" widerspricht das, überall redet man anders – und, was alle tun, das muss doch richtig sein?

Ist es aber nicht! Jahrhundertelang war christliche Nächstenliebe eine erstrebenswerte Tugend, wird heute als „dummes Gutmenschentum" belächelt. So ist es mit vielen Werten des alten Europas. Welcher Unternehmer baut heute noch Siedlungen für die Arbeiter seines Werkes? Das war mal Norm, man sieht es heute noch in unseren Städten, in Jena, Dresden, Radeberg, in Essen auch und Bremen!

Wollen der „Fischer un sin Fru" nicht enden wie ihr Märchenvorbild, gibt es zwei Möglichkeiten: Sie handeln weiter nach Klischees des „Zeitgeistes". Heute können sie sich scheiden lassen. Anwälte lachen sich ins Fäustchen, sie leben davon. Der Staat freut sich über Gerichtskosten, die Bank über ein fast abgezahltes Haus, denn vor lauter Kaufrausch und Scheidung werden Schulden vergessen – die Bank steht dann im Grundbuch. Alles im „Zeitgeist". Und „Fischer un sin Fru" werden vor Anderen sagen, nun jeder für sich selbst: Ich konnte mich nicht „selbst verwirklichen", mein Partner hat mich behindert. Richtig so, sagen jene, die das hören. Dann schon lieber Single. Ist doch heute normal, wer lebt schon ein Leben lang mit einem Partner? Das Haus geht beiden verloren, das Kind behält einer von ihnen – das ist halt der Preis, befreit zu sein von der Tyrannei des Anderen. Vielleicht macht auch einer von ihnen das große Geschäft? Ist es das wert, auf Kosten des Anderen, auch auf Kosten des Kindes, dass dafür gar nichts kann?

Die zweite Möglichkeit: Sie entziehen sich allen Klischees. Ihr Schluss sollte sein: So, wie wir waren, dürfen wir nicht mehr sein. Sie haben sich nie Grenzen gesetzt, sich selbst nicht und nicht dem Anderen. Sie sollten es tun – aber zuerst nur sich selbst! Denn sie sind verwundet, verletzlich geworden vom Psychoterror, der ihnen die Befolgung der Klischees beschert hat. Mit Verwundeten geht man behutsam um.

Und – warum ist die Rollenverteilung im Märchen (und im Leben) so und nicht anders herum? Weil der Mann, seit es Menschen gibt, zur Jagd ging und die Frau Hütte und Herd bewahrte. Das liegt in unseren Genen, seit 150 000 Jahren sollen sich die geistigen Fähigkeiten des einzelnen Menschen nicht mehr wesentlich verändert haben, hört man allgemein aus Wissenschaftskreisen. Heute geht zwar auch die Frau mit auf Arbeit (wie die Jagd heute bei uns heißt), doch will sie das Heim „schön" machen, sie kann gar nicht anders. Und der Mann braucht seine Jagdgefährten, Pardon, Arbeitskollegen, Freunde, Kumpel ... Bei beiden sind diese Ursprungs"gene" nicht „weg zu erziehen" – warum auch, sind sie doch nützlich! Aber begrenzen muss man sie, lernen, mit ihnen umzugehen, dass ein sinnvolles Zusammenwirken entsteht.

Das wünschen Euch

Eure Eltern

Begegnung

„...Krebs? Du hast Krebs?" Meine Frau schlug die Hände an die Wangen und stützte die Ellenbogen auf den Tisch. Erschrecken stand in ihren Augen.

An diesen und den folgenden Tagen sprachen wir nur noch die nötigsten Worte. Aus einem Nebel um mich her schälten sich flüchtige Gedanken. Ich müsse etwas regeln. Was nur? Ich sah auf die Krokusse zu meinen Füßen. Werde ich das Lila ihrer Blütenkelche im nächsten Jahr noch sehen können? Ich stand auf von der Bank, verjagte die Gedanken eines klaren, sonnigen Frühjahrstages und tauchte wieder ein in dieses beruhigende, wattige Nichts, was mich beschützte vor Sorgen und Fragen.

Im Krankenhaus überfielen mich weiße Kittel und Kaskaden medizinischer Fachausdrücke. Sie bohrten Nadeln in meine Venen, schoben mich in Röhren, zogen mich heraus, ließen mich eklige Getränke schlürfen und schleppten mich vor und zwischen Apparate. Surren und Klicken, manchmal führten mich Weißkittel, tagsüber fand ich keinen Raum für Gedanken. Vor dem Einschlafen fürchtete ich mich. Dann fielen Träume über mich, Träume wie jener:

Ich lag auf einem Bett. Das Bett war eng, seitliche Bretter überragten meine Arme. Durch einen gläsernen Deckel über mir sah ich rechts und links Männer in dunkler Kleidung. An Seilen ließen sie langsam mein Bett herunter. Sie schauten gleichmütig mit aufgesetztem, besorgten Ausdruck. Ich wollte schreien, den Irrtum aufklären. Durchsichtige Watte umschloss mich, füllte meinen Mund.

Auf einer Couch lag ich mit meiner Jugendliebe, süße siebzehn Jahre. Blonde, lange Haare hüllten mein Gesicht ein. Die Abiturientin, die ich so begehrte, der ich mit dem Fahrrad hinter ihrem Bus her fuhr, endlich lag sie so nah bei mir. „Da du nun bald gehen wirst", flüsterte sie an meinem Ohr, „... will ich noch ein Andenken von dir." Alles in mir wühlte heiß. Sie nestelte an meiner Gürtelschnalle.

Dunkelheit um mich, nur ein Blinken, nein, stetes winziges Leuchten weit über mir an einer Wand, nein, an einem schwarzen Kasten – das Standby-Lämpchen des Fernsehgeräts. Ich saß in meinem Bett im Krankenhaus. Ich schämte mich. Da liege ich ohne alle Hoffnung. Was erscheint mir im Traum? Warum ist es meine Jugendliebe und nicht meine Frau? Doris, die Frau, die mich mehr als dreißig Jahre ertrug! Ich denke zurück an die letzten Tage vor dem Krankenhaus. Tapferkeit war ihr Schweigen, tapfere Rücksichtnahme, Verstehen und Kameradschaft. Kann man nach mehr als dreißig Jahren noch von Liebe sprechen? Hat sie nicht alles für mich getan, ich nicht alles von ihr bekommen? Von meiner Jugendliebe bekam ich nicht, was ich mir wünschte. Nach dem nicht erfüllten

Wunsch verzehrt sich der Mensch ein Leben lang. Wo hörte ich das? Kam sie deshalb in meinen Traum, die Abiturientin, deren Namen ich vergaß?

Aus der Schwärze schälte sich eine Wand. Die Plattform mit dem Fernseher schwebte vor ihr, bis ich die dünnen Stangen ahnte, die sie hielten. Nun sah ich auch das fahle Licht hinter dem Fensterkreuz. Beruhigend zu erkennen, dass das Kreuz verschoben, wie es üblich ist bei einem modernen Fenster in einem modernen Krankenhaus.

Ich schämte mich. Meine Doris gab mir alles, ihr ganzes Leben und meine Kinder. War ich ihr nichts schuldig? Ich wusste keine Antwort. Mich fröstelte. Diese Antwort stand noch aus in meinem Leben. Ich mag keine offenen Fragen.

Wieder lag ich in meinem Bett, als ich all dies noch einmal bedachte. Danach schlief ich bis zum Morgen durch.

Am nächsten Tag rief mich die Schwester zum Röntgen. Vorher Flüssigkeit schlucken, ich kleckerte. Warten, bis sie dort ist, wo sie den Ärzten anzeigt, was sie sehen wollen, ausziehen bis auf den Slip. Routine. Die Schwester geht nach nebenan. Doch es surrt nicht. Die Schwester kommt wieder. „Das wird nichts. Ihr Slip strahlt. Ziehen Sie ihn bitte herunter!" Sie merkt mein peinliches Gefühl, entschuldigt sich, läuft nach einem

Handtuch. Und ich denke: Das kenne ich doch! Doch damals ließ mich das völlig gleichgültig.

Die Schwester kommt wieder und reicht das Handtuch. Ich lächle sie an und sage: „Wir sind doch beide aus der Pubertät heraus. Ist das hier nicht Ihr Beruf?" – „Sie sind wohl über den Berg? Solche Patienten lob ich mir."

Ja, ich bin über den Berg und schäme mich vor Doris. Nie wird sie es erfahren.

Auf der Gartenterrasse

Es war einer dieser seidenweichen Abende, an denen die Luft die Haut zu streicheln scheint. Im Ausschnitt des Himmels zwischen dem Dach des Bungalows und den Wacholderbüschen am Terrassenrand lockten frühe Sterne, die Augen aufzuheben. Zeitweise verschwammen die Konturen der Himmelskörper, wenn unsichtbare, schwache Wolkenschleier vom Westen her unseren Abendbaldachin unterwebten, Das blieb nicht so, klar funkelten sie wieder und hielten unsere Blicke fest. Figuren entstanden und verwischten. Sternbilder, in der Kindheit gelernt und lang vergessen, drängten sacht in unsere Gedanken. Wir erinnerten uns, wann wir sie zum ersten Mal erkannt haben, wer sie uns gelehrt hatte. Lange her, lang vergessen, und dennoch war uns, als sei es gestern erst gewesen.

Kleine Flammen prasselten in unserem einfachen Terrassenofen. Glückliche Gartenbesitzer! So fühlen wir uns heute und hatten nie an eine solche Möglichkeit gedacht. Wir gehen auf die Goldene Hochzeit zu. Gartenbesitzer sind wir noch nicht lange.

Nun werkeln wir und entdecken ungeahnte Möglichkeiten. Doch vorher mussten wir den Garten kaufen – wir Großstadtmenschen, die Bushaltestelle vor der Haustür, das Auto hinterm Haus in der Garage!

***

Die Frühlingssonne sank langsam auf die rechte Seite unseres Balkongeländers und schickte ihre Strahlen schräg in unsere Wohnstube. Ich zappte gelangweilt durch die Fernsehprogramme. Meine Frau studierte Kleinanzeigen. Das ist ein Hobby von ihr, eigentlich benutzt sie die nie. Doch unvermittelt sprach sie: „Hier wird ein Garten angeboten. Ich glaube, dieselbe Anzeige stand schon voriges Jahr drin. Hat ihn wohl nicht los gekriegt?" – „Dann wird er auch danach sein", antwortete ich gelangweilt. – „Er wird Arbeit machen. Vielleicht schaffen sie die nicht mehr und haben keine Kinder. Oder die sind weit weg. Wer weiß?" – „Arbeit könnten wir ja brauchen."

Könnten wir wirklich. Unser mehr oder minder freiwilliger Übergang ins Rentnerdasein ist vollzogen. Befreit von den Pflichten eines Arbeitslebens zu sein, das hatten wir genossen. Doch nun öffneten sich Fenster eines tatenlosen Daseins. Noch blieben sie klein, aber wir spürten beide: Sie beginnen zu wachsen.

„Es wäre eine Arbeit, bei der wir nur das zu tun bräuchten, was uns Spaß macht." Laut ließ ich meine Gedanken aus mir heraus fließen. – „Du denkst ernsthaft über einen Garten nach?" – „Ob das ernst wird, weiß ich noch nicht. Ich habe doch keine Ahnung von ..." Der abgebrochene Satz hing in der Luft, suchte nach Fortsetzung in unseren Gedanken.

Meine Frau sann ihren Worten nach. Ich kenne sie lange genug – dann kommt immer etwas auf mich zu. Aber warum eigentlich nicht? Man müsste das prüfen, ehe man Ja sagt. Nein sagen geht immer noch. Schließlich kennen wir beide Gärten nur von Besuchen. Wir bewunderten pflichtschuldig Blumen und Beete, lobten den Ausbau des Bungalows – und vergaßen schnell. Kam für uns nie in Betracht. Vier Kinder wollten groß gezogen sein, ihre Freunde beim Kindergeburtstag beköstigt, vier Schuleinführungen, vier Jugendweihen, vier Hochzeiten, drei Scheidungen ... Nun sind sie alle weit weg, der Arbeit nachgezogen, normales, ostdeutsches Schicksal. Man könnte einen neuen Lebensinhalt brauchen, man könnte ...? Ach was, so spontan, wie meine Frau sich jetzt der Anzeige zugewandt hat, so spontan kann sie Nein sagen, wenn der Garten vor uns liegt. „Schauen wir ihn an. Dann sehen wir weiter." – „Du erwägst den Garten ernsthaft?" – „Weiß ich noch nicht. Muss ihn sehen." – „Ich nehme dich beim Wort." Schon griff sie zum Telefon.

**

Die Gartenverkäuferin holte uns mit dem Auto von unserer Wohnung ab und fuhr zehn Kilometer vor uns her. Wir kannten das Dorf nicht, in dem sie von der Straße mitten in ein Maisfeld abbog. Links tauchten Bäume darüber auf, schon hielt sie vor einem Gartentor. Büsche wehrten dem Blick hinein. Autotüren klappten. Die Frau, Ende Fünfzig, schien etwas verlegen zu blicken, als sie sprach. Lange hatte sie gebraucht, das Vorhängeschloss zu öffnen, knarrend bewegte sich die Holztür. „Treten Sie ein! Schauen Sie sich um. Ich gehe vor zum Bungalow."

Eine große, breite Fichte in der Mitte ließ nur eine braune Holzwand mit einer Tür sehen. Steinplatten teilten als Weg eine gepflegte Blumenanlage halbrund um die Terrasse links und um die Seitenwand des Bungalows rechts. Vor ihr führte ein Weg aus Natursteinen ins Nirgendwo. Büsche, kleine Bäume, Bodendecker überwucherten ihn, er war nicht begehbar. So folgten wir ihr, staunten über Wacholder und hohe Lebensbäume als Terrassenbegrenzung. Die Besitzerin hielt die Tür geöffnet, doch wir blieben stehen, schauten uns um. Rasen umfasste ein großes Wirtschaftsbeet, überragt von einem vollen Kirschbaum. Ein prachtvoller Baum, hoch fast wie die Fichte. In der Mitte des Rasens prangte ein Brunnen mit Pumpe und Schwengel. Nostalgie pur! An allen Zäunen ringsum wuchsen Sträucher, Fichten und Lebensbäume.

Wie ein lange gewachsenes und sorgfältig geplantes Versteck, dachten wir beide, sprachen es nicht aus, bestätigten uns erst viel später diesen gemeinsamen Eindruck. Dann traten wir in den Bungalow.

Später zeigte uns die Frau einen komplett eingerichteten Werkzeugschuppen an der Seite mit Kettensäge, elektrischer Heckenschere, Rasenmäher und diversen

Gartengeräten in Hülle und Fülle, Riesenvorräten an Nägeln, Schrauben und Bauholz – alles im Preis inbegriffen. Arbeit wollten wir haben – die hätten wir nun genug. Uns imponierte die Grundanlage. Sie war nur sehr verwahrlost. Aber: Wir hätten Zeit – und immer etwas zu tun. Mehr wollten wir nicht.

„Mein Mann ist vor zwölf Jahren gestorben. Die Kinder sind weit weg. Ich schaffe es nicht mehr." Entschuldigend sah die Frau in unsere Augen. Hoffnung leuchtete uns an. Leise fügte sie hinzu: „Ich komme ihnen auch entgegen."

***

Wir hatten keinen Schrebergarten in einer Gartenanlage erworben, sondern eigenen Grund und Boden. Unterordnen wäre für uns nie mehr in Frage gekommen. Behördenwege dauern, doch dann legten wir los. Meine Frau wollte sich um Blumen und Beete kümmern, meine Kompetenz sollten die „männlichen" Bereiche sein.

Für mich hieß das: Heckenschere frei! Ich kämpfte mich den Weg ins Nirgendwo voran. Abend für Abend häuften sich auf der Terrasse Ligusterzweige und Wacholderäste. Dann holte ich den Häcksler aus dem Schuppen. Mühsam schrumpften Blätter und Zweige zu Mulch. Wohin mit dieser Menge?

„Ein Hochbeet." – Praktische Lösungen sind meiner Frau schon immer schnell eingefallen. „Wir kaufen dekorative Steine und setzen sie an den Rand."

Sorgsam schichtete ich Stein auf Stein, erinnerte mich des Bauens mit dem Anker-Steinbaukasten in Kindertagen, schaufelte vorsichtig Erde in die Hohlräume und freute mich gerader Linien an den Außenseiten meines Werkes. Eine Sache wachsen sehen unter meinen Händen. Immer hatte ich nachzudenken und vorauszuplanen. War aus meinen Gedanken Handgreifliches geworden, waren sie schon wieder mit dem nächsten Projekt beschäftigt. Erwartung der Vollendung mischte sich stets mit der Angst vor Misslingen. Das war nun vorbei. Ich sah die kleine Mauer sich an die Terrasse schmiegen, exakt die Fugen versetzt, wie es sein sollte. Nein, ich war nicht nur ein „Geistesmensch", meine Hände können doch mehr, als nur einen Nagel gerade in die Wand zu schlagen. Natürlich dauert es länger als beim Handwerker. Der hat das ein Leben lang getan und von der Pike auf gelernt. Doch Zeitdruck plagt mich heute nicht mehr. Termine stelle ich mir höchstens selber – doch wozu?

„Fein gemacht!" Marianne holte mich in die Gegenwart zurück. Sie blickte auf meine Mauer. Ein Stein fehlte noch, dann bin ich mit ihr fertig.

„Ich hole noch Erde." – „Kann ich selbst. Da bist du als Mann der Bessere."Sie schenkte mir ein Lächeln, beugte sich herab, drückte mir einen herzhaften Kuss auf und gab meinen Kopf frei.

„Du überraschst mich immer wieder." – Verwirrt richtete ich mich auf. – „Ja, ja. Es ist schön, seinen Mann zu loben, wenn er es verdient hat. Man fühlt sich so – beschützt. Und das will jede Frau. Leider weiß man das erst, wenn man so alt geworden ist, wie wir beide sind."

Bedeppert stand ich da. „Dann hole ich die Heckenschere." Ich musste mich in Arbeit flüchten, konnte ihr kaum in die Augen sehen, so, wie sie jetzt leuchteten.

Am späten Nachmittag legte ich die Heckenschere aus der Hand.

„Sagtest du was?" Mariannes Ruf traf mich beim Nachdenken. Das muss sie sehen. „Kannst du mal kommen?" – „Ich tanze nicht nach deiner Pfeife. Musst warten!" – Aha, da will irgendetwas nicht so, wie es Marianne möchte. Früher regte mich auf, wenn sie ihren Unmut so auf mich ablud. Früher ...

„Oh, Gott!" Versunken in den Anblick der auf mich zukommenden Arbeit, hatte ich Marianne nicht kommen hören. Nun stand sie neben mir. „Welche Überraschung werden wir noch finden?" Sie wies auf die Gartenecke, zu der die Hecke führte. Fichten, Wacholder, Bodendecker – was wird darunter verborgen sein? Jetzt erinnerten die wuchernden Büsche an eine Friedhofsecke. Das wollten wir ändern, aber – was kommt da noch auf uns zu?

„Wollten wir nicht Arbeit haben, weil sie uns fehlen würde, Marianne? Das ist Männerarbeit. Pflanze du Zwiebeln, habe Ideen, was wir aus dieser Wildnis machen. Diese Arbeit können wir nach eigenem Willen tun – da stört mich doch ihr Umfang nicht."

Sie blickte zweifelnd. „Kannst du das?" – „Du wirst es sehen."

Grummeln aus Nordost ließ uns beide aufblicken. „Pack die Heckenschere weg, Bernhardt. Kommt es von dort, wird es ernst, hat der Nachbar gesagt." Dunkel wälzte sich eine Wolkenbank über den bewaldeten Berg. Schwarz drohten die Masten einer Hochspannungsleitung vor grau schimmernden Himmel.

Ein Donnerschlag floss hinter dem dunklen Wald in die Breite und klang knatternd aus. „Das ist nicht mehr weit. Bleiben oder flüchten, Marianne?" – „Es erwischt uns unterwegs. Es wäre der erste Regen im eigenen Garten. Ich fände es romantisch. Lass uns bleiben!" – Ich blickte in die Augen eines jungen Mädchens. Meine alt gewordene Marianne! Wie viele Gesichter sie noch immer hat?

Wir räumten auf und schlossen den Schuppen. Als wir die Tür vom Bungalow ins Schloss zogen, fielen erste Regentropfen. Schummriges Licht, zwei große, breite

92

Fenster im Zimmer, leise klapperten Tropfen auf dem Dach – ich fand es nur ungemütlich, keine Spur Romantik. Marianne sah auf die wenigen Möbel. Ich folgte ihrem Blick und fand: Irgendwann hatten unsere Vorbesitzer ihre alten Wohnzimmermöbel hier „entsorgt": Stil der fünfziger Jahre.

„Das muss erst nach uns aussehen, dieses Zimmer, dieser Bungalow", sinnierte Marianne laut und traf meine Gedanken. „Kalt wirkt das, kein bisschen romantisch." Bedauernd klangen ihre Worte.

In dieser erzwungenen Regenpause beschlossen wir, aus diesem Bungalow „etwas zu machen". Und wenn das schon mit Geld verbunden war, sollten es keine halben Sachen sein. Ein Ofen musste her, Wasser aus einer Leitung – hatten wir nicht einen Brunnen? Die Küche war noch gut, doch unbequem, darin zu arbeiten.

Wir überlegten noch lange auf der Heimfahrt über den matschig werdenden Feldweg und später auf der breiten Asphaltstraße. Abends kamen wir zum Schluss: Das wird ein Programm für Jahre. Wir beiden Rentner und Pläne – passt das? Aber natürlich, hatten wir nicht Zeit unseres Lebens welche? Warum nicht heute? Wir leben – jetzt! Tagelang regnete es. Der Garten ließ meine Frau nicht los. Sie fand ein altes Gartenbuch und las. Jede freie Minute füllten Gespräche unsere Zeit.

***

Tropfnass waren Äste und Blätter, als ich mit der Gartenschere wieder der Hecke zu Leibe rückte. Schlamm im großen Beet statt Erde, wie sollten wir das jemals bepflanzen können? Wir hatten zwar Bretter im Schuppen genug, um provisorische Wege legen zu können – aber aus Provisorien sollte unser Garten nicht bestehen. Ich dachte viel nach, während ich mich mit der Heckenschere zum Plumpsklo vorkämpfte. Da mussten noch Wege in das große Beet, möglichst gepflastert.

Marianne lief mit dem Handwerker durch feuchtes Gras, quer durch den Bungalow und ließ sich erklären. Ich trat hinzu.

„... geht alles", hörte ich ihn sagen. „Was ich nicht kann, da kenne ich Kumpels, die es können." – „Wie teuer?" – Er nannte eine Zahl – damit könnten wir leben. – „Ich lege bei Hilfsarbeiten Hand an", mischte ich mich ein. – Mariannes Blick rutschte missbilligend auf mich, wandte sich wieder dem Handwerker zu. „Wann können Sie kommen?" – Er schaute in den Kalender, wir stimmten seinem Vorschlag zu. „Bis dann!"

Die Summe war ziemlich hoch für unser Budget. So dicke haben wir es schließlich nicht als stinknormale Neurentner im Osten. Andererseits, so dachte ich wei-

94

ter, lohnt es sich nicht, zu kleckern. Bei dieser Summe sollte etwas Handfestes entstehen. So sagte ich zu Marianne: „Dann können wir die Wasserleitung auch winterfest verlegen. Das kostet nicht mehr, wenn ich den Graben selbst aushebe." – „Das willst du tun?" Zweifelnd und überrascht blickte sie mich an. „Du in deinem Alter?" – „Ich muss mir keine Termine mehr setzen. Langsam geht noch alles." Ich griente.

„Schuft! Ihr Männer habt immer nur das Eine im Kopf, das hört wohl nie auf?"

Nun grinste ich richtig unverschämt.

„Wenn du meinst ... kannst schließlich noch so manches ... und im Alter immer besser!" Marianne lachte auf. – Genauso hat sie damals schon gelacht – im Park, auf der Bank – wie lange ist das her? Es klingt mir wie gestern.

Weg mit dem Vergangenen! Wir haben zu entscheiden. Ernsthaft fügte ich an: „Beim Ausheben und Zuschütten des Lochs kann ich mich auch einbringen. Die rechnen nach Stunden ab." Stellen wir es richtig an, könnten wir eine Ferienwohnung daraus machen – so billig, wie es kaum einer kann! Zukunftsmusik. Ich rede lieber nicht davon. Sonst bin ich wieder mal „... überspannt ..."

„Räum die Heckenschere weg! Ich mache Mittag. Mit dem Campingkocher geht das schnell." – Mit einem

95

richtigen alten Herd würde es Marianne noch mehr Spaß machen, führte ich ihren Gedanken weiter. Aber die Zeit, es auszusprechen, wird erst noch kommen.

Beim Essen sah mich Marianne forschend an. „Was führst du im Schilde, Alter?" – „Dein Essen schmeckt gut." – „Ich weiß. Du kochst etwas aus, ich kenne dich doch." – Mehr konnte sie mir nicht entlocken.

Marianne schaute bedauernd auf das große Loch rechts neben dem Bungalow. Das schöne Staudenbeet der Vorbesitzerin – es war Geschichte. Sorgfältig hatte sie alle erhaltenswerten Pflanzen ausgegraben. Mit ihnen verdichtete sie den Bewuchs des Beetes vor der Terrasse. Die letzten standen bereit und warteten auf ihren neuen Lebensort.

Das große Loch wuchs tiefer. Der Löffel eines kleinen Baggers fuhr in den Lehm, griff sich eine Schaufel voll, wurde vom Maschinisten gedreht und in eine Bauschubkarre gekippt. War sie voll, fasste sein Gehilfe die Griffe und fuhr sie hinüber auf das große Beet. Ich schob meine kleine Gartenschubkarre unter den Schwenkbereich des Löffels. Im Beet unter dem großen Kirschbaum in seiner Mitte häufte sich der Lehm. Anfangs hatte ich gehofft, mit einer großen Plane auszukommen. Neben dem Loch legte ich sie weit ausgebreitet auf den Rasen. Inzwischen lugten nur noch ihre Ränder unter der Erde hervor. Zwei Meter Tiefe für den Tank wollten ausgehoben sein. Der Baggerfahrer hatte gleich gezweifelt, als er die Plane sah, war erst beruhigt, als ich ihm das Beet als Reserve zeigte. „Kommt viel wieder hinein, doch bleibt auch etwas übrig." Dann legte er los, mit ihm sein Helfer, und ich musste eilen, mit meiner kleineren Schubkarre dennoch ihr Tempo zu halten. Sind schließlich nicht halb so alt wie ich, die Beiden – beruhigte ich mein aus Jugendtagen erwachendes, sportliches Ehrgefühl.

Da hältst du nicht mehr mit. Es gibt anderes, was du besser kannst. Und wie sie mit dir umgehen, dich vor den schwersten Handgriffen unauffällig schonen wollen, daran erkennst du ihre Achtung. Das tut gut. Ich bin froh, es zu bemerken.

Am Abend sah ich in ihren Augen und las: Gut, Alter! Sie sprachen es nicht aus. Sie sagten: „Rufen Sie an, wenn das wieder rein soll."

Da werdet ihr lange warten, dachte ich heimlich.

Unter Mariannes staunenden Blicken hob ich den Graben für das Wasserrohr metertief aus, verfüllte die Erde über dem Tank, ebnete das Beet ein und andere holprige Flächen. Nur ein kleiner Haufen blieb zurück. Abende mit schmerzendem Rücken wurde ich gewohnt. Ein prasselndes Feuer, ein Gläschen Wein – schlafen im Bungalow, duschen auf der Wiese unter dem Wasserstrahl – Herz, was willst du mehr?

***

Zwei Jahre später saßen wir im aufgefrischten Abendwind auf der Terrasse. Die tief geschnittene Hecke am Zaun hielt ihn nicht mehr ab. Eine Böe griff unter das Tischtuch, hob es an und ließ eine Klammer abspringen. Der Ständer im mittig angebrachten Sonnenschirm begann zu schwanken und der Stoff über uns zu schlagen. Besorgt schaute Marianne nach oben. „Hält. Doch wird der Wind stärker, gehen wir rein."

Beide schauten wir nach Westen, wo der Wind herkam, der unsere Idylle störte. Er wird es nicht lange tun. Dann kommt wieder einer jener seidenweichen Abende, an denen die Luft die Haut zu streicheln scheint. Das wussten wir aus der Erfahrung der letzten beiden Jahre.

Ich dachte an jenen Tag, als Regen uns zum ersten Mal vertrieb. Fleißig waren wir seitdem gewesen, nicht wieder zu erkennen unser „Weg ins Nirgendwo" und der ganze Garten. Eine Mauer begrenzte ihn jetzt rechts vor einem sacht ansteigenden, halbrunden Blumenbeet. Er mündete wie früher an Hecke und Zaun. Doch der war erneuert. Alle alten schiefen, angebrochenen Pfosten lagen als Schutz jetzt draußen, wo eine frische, neue Hecke die alte verlängern sollte. Ein grüner Maschenzaun ragte aus den abgeschnittenen Zweigen hervor – radikal gestutzt war das alte Gesträuch. Es soll dicht werden und wieder wachsen.

„Jetzt haben wir eine richtig schöne Pergola." Marianne lenkte meinen Blick den Weg weiter bis an den Bungalow. „Die schützt den Schuppen und die Hütte vor dem Westwind. Unser Vorgänger dachte klug, als er den Garten anlegte. Wenn der ihn jetzt sehen könnte ..." – „Kann er nicht, ist schon so lang gestorben, und seine Frau hat ihn uns verkauft. Des einen Leid, des anderen Glück ..." So konnte ich den Wunsch meiner Frau erfüllen ...

Marianne, manchmal nenne ich sie Ännchen. Ihre Figur beschreibt das heute nicht mehr, doch in meinem inneren Auge ist sie das noch. Immer aufs Neue bin ich von mir selber überrascht, wie oft ihr heutiges Aussehen in meinem Blick auf sie verschwindet. Das junge Mädchen sitzt mir auf der Terrasse gegenüber, wenn ich unseren Ofen mit Holz gefüttert habe, die Flammen lodern, die Äste knacken, Funken in Haufen in die Höhe stieben, verlöschen und den samtblauen Abendhimmel wieder sehen lassen. Man kann nicht immer reden, sitzt man so an einem Feuer. Von Zeit zu Zeit hebe ich den Blick und sehe in ihre Rehaugen – es sind noch immer dieselben. Marianne merkt stets, wenn ich so denke. Sie senkt die Augen wie vor langen Zeiten, hebt sie und flirtet. Das Lied des Ännchens von Tharau steigt in mir auf, die Zeile „... ist die mir gefällt ..." durchzieht als Melodie meine Seele und fügt die Worte an „... Krankheit, Verfolgung, Betrübnis und Pein, soll unsrer Liebe Verknotigung sein ..." Das Leben hat uns „verknotigt", schade, dass es bei unseren Kindern nicht so kam. Ich bedaure die heutige Zeit, welche so vielen jungen Liebespaaren dieses unser Gefühl im Alter nicht schenken wird. „Fun" ist angesagt und „Selbstverwirklichung" – wie leer, wie dumm, egoistisch. – „Aber Bärchen", holt mich Ännchen in die Wirklichkeit zurück, „... werde nicht sentimental. Es nützt nichts." – Bernhardt heiße ich. Doch die alten Worte gebrauchen wir noch immer, nie haben sie sich abgenutzt.

Gedanken und Gespräche dieser Art durchziehen unsere Abende auf der Terrasse. Ein Glas Wein steht auf dem Tisch, in großen Abständen nippen wir daran ... – „Du bist immer schneller", mault Marianne. „Wie Männer eben sind, es fällt ihnen schwer zu warten ..." Wieder blickt Ännchen aus braunen Augen, und nicht selten beginnt Bärchen dann mit ihr umzugehen wie auf einer Parkbank vor so vielen Jahren ...

Kleine Flammen prasselten in unserem einfachen Ofen. Es war wieder einer dieser seidenweichen Abende, an denen die Luft die Haut zu streicheln scheint. Glückliche Gartenbesitzer!

Ende